T0038375

Olor a hormiga

Olor a hormiga

Júlia Peró

Papel certificado por el Forest Stewardship Council®

Primera edición: enero de 2024

Printed in Spain – Impreso en España

ISBN: 978-84-19940-06-3
Depósito legal: B-17.824-2023

Compuesto en La Nueva Edimac, S.L.
Impreso en Liberdúplex
Sant Llorenç d'Hortons (Barcelona)

RK40063

A mi vejez,
por estar cada día más presente

A Luis,
por el mismo motivo

Morir –eso, a un gato, no se le hace.
Porque, ¿qué puede hacer un gato
en un piso vacío?
[...]
Algo no empieza
a la hora de siempre.
Algo no sucede
según lo establecido.
Alguien estaba aquí, estaba siempre,
y de repente desapareció
y se empeña en no estar.

«Un gato en un piso vacío»,
WISŁAWA SZYMBORSKA

PERSISTIR EN LA JUVENTUD

La vejez es una larga enfermedad. Una enfermedad difícil de mantener en el cuerpo. Pesa, debilita y te hace temblar. El cuerpo intenta escupirla, no la quiere, la repudia. Las arrugas no son más que el sarpullido de esta alergia inevitable.

Las personas suelen nacer sanas, suelen crecer sanas, y luego, todas las que persisten en la juventud, empiezan a enfermar lentamente. Empiezan a enfermar y ya no recuerdan haberse alejado de otras que enfermaron antes. Se alejaron de la vejez ajena como si fuera contagiosa. Pero no es contagiosa, la vejez. Es intrínseca. Porque ningún cuerpo tolera tanta vida. Siempre llega un punto, tarde o temprano, en el que empieza a ponerse malo, a pudrirse, a llenarse de colgajos. Colgajos que tiran del cuerpo hacia el suelo, dentro de la tierra, alimento para hormigas. Es imposible mantenerse firme y constante en la mocedad, nadie se salva de acabar con socavones en la piel, agujeros que no son más que el cuerpo hundiéndose en el aire, pidiendo remansar.

Hay quien tiene una suerte de piel que le permite vivir en un estado primaveral por mucho más tiempo. Mi cuerpo, en cambio, empezó a deformarse a los catorce y aún no ha parado.

Hay más de doce mil especies de hormigas en el mundo. Cada una con su respectiva arquitectura y organización del hormiguero. Hoy, en Animales Curiosos, *hablaremos de la más singular: la hormiga de la piel.*

Así como otras especies acostumbran a construir sus hormigueros en suelos de tierra o arcilla, esta especie de hormiga se caracteriza por elegir como futuro habitáculo el interior de un cadáver. Sí, sí. ¡Han oído bien! Una vez se ha escogido el hormiguero en el que llevar a cabo la colonia, las hormigas de la piel proceden a reutilizar los órganos del cuerpo ya inerte para situar sus cámaras, que, interconectadas, se destinarán al almacenaje de comida y a la atención de las larvas y la reina. La boca del cuerpo inerte marca la entrada a la colonia, y el ano la salida. Y a diferencia del resto de especies, la hormiga de la piel se agrupa en colonias medianas o pequeñas, según las limitaciones de tamaño del cadáver.

Una colonia de hormigas de la piel es un sistema con control central, situado en el estómago del cadáver y donde habita la hormiga reina de la piel.

Aquí está. ¿La ven? ¡Hola! El hormiguero se compone de hembras estériles, conocidas como obreras de la piel; de hormigas macho, conocidas como zánganos de la piel; y de una hormiga reina de la piel, fértil. Las obreras de la piel se encargan de la limpieza de los órganos y la posterior adecuación de las cámaras, así como de la búsqueda de alimento y el cuidado de las larvas. Los zánganos de la piel, en cambio, viven fuera del hormiguero y tienen como única función la de aparearse con la reina para que ella pueda poner sus huevos. Tienen una existencia efímera, apenas de pocas semanas, y únicamente se interesan por el hormiguero durante el vuelo nupcial, ceremonia en la que se fecunda a la reina. Mueren tan pronto como han cumplido esa función…

DA MIEDO EL RECIBIDOR, A VECES

El piso, más viejo que yo,

–Que ya es difícil.

le digo al gato a veces, parece arrugarse en algunas zonas. Es como si el recibidor y parte del pasillo hubieran envejecido en un ambiente más frío, más húmedo, esperando a pudrirse. Es como si al atravesar el pasillo las rugosidades del gotelé quisieran llegarme a la piel, llegar a mí y atraparme, succionarme hasta dejarme como el color hueso de la pared. El olor tampoco ayuda. Tan acre que intenta acariciarme cada vez que me acerco y me aprieta la cara con sus manos de aire y me obliga a hacer muecas. Por eso no suelo frecuentar esa parte de la casa.

No es que tenga miedo al exterior. Al exterior no. Es solo que no me gusta el recibidor de casa. Un recibidor que a veces, sí, huele mal, pero otras no huele a nada. Un recibidor en el que a veces se oyen moscas volando y otras parece que él me oiga a mí. Por eso cojo carrerilla cada vez que alguien llama al telefonillo y he de cruzar el pasillo. Por eso, cuando esto ocurre, tengo como oración cuatro pasos importantes: llegar rápida a la puerta, descolgar el interfono, preguntar quién habla al otro lado, colgar de un adiós sin aire.

Antes, mucho antes de eso, todo era más fácil y diría casi instintivo. Dejaba pasar a la chica, cogía la bolsa de la compra si ese día traía alguna y cerraba la puerta con delicadeza y un intento de elegancia. Pero desde que la chica no llama a la puerta, eso ya no sucede. Desde que la chica no llama, este recibidor da tanto respeto que parece que le deba el perdón, que le deba algo, mi cuerpo quizá. Desde que la chica no viene a verme, parece que la casa haya encogido. Más pequeña, la casa. Como si hubiera perdido un trozo. Y si antes de conocer a la chica ya me costaba salir de este piso, ahora que ella no está lo que me cuesta es salir al recibidor. La chica se lo ha llevado con ella. Debo de padecer de miedo al recibidor y ya ni me miro en el espejo de la entrada, el del armario empotrado, y ya no barro ni limpio el polvo y este se acumula hasta en la mirilla. Y así, en ese recibidor, todos los males.

Tanto miedo que a veces, del correr –del huir–, me duelen los juanetes, enamorados de las esquinas de los rodapiés, que aprovechan el mínimo resbalón para rozarse. Tanto miedo que a veces es él –el miedo– quien se atreve a obviar el timbre de casa, por mucho que suene. Todo para no llegar allí. A ese pantano con puerta de entrada.

No es que tenga miedo al exterior. Es solo que no me gusta el recibidor. Da miedo el recibidor, a veces. Tan vasto. Tan amenazante. Imagino que como mirar un suelo de cristal desde un rascacielos. Dos metros cuadrados de vértigo.

Podría describir de memoria todos y cada uno de los recovecos de la cocina, la habitación, el baño y el saloncito. Hasta ser enfermizamente consciente de convivir con sesenta y ocho baldosas –ochenta y ocho teniendo en cuenta las del baño–; una mancha de café escondida bajo el cojín feo del sofá; un cuadro amarillento con unos girasoles impresos colgado en la pared y, debajo de él, una maceta vacía de terracota esmaltada demasiado grande para estar encima de la mesa del saloncito; el taburete de madera de roble que es engullido por el tocador de madera de pino en la habitación; la planta que se hace la muerta en la estantería que vive sobre el váter; las cuatro tazas chinas compradas en el bazar de abajo –a mi madre, en aquel entonces, le pareció fiable comprarlas allí dada la procedencia del vendedor– y el vaso de cristal que tiene esa grieta con síndrome de Peter Pan, luchando cada día por no crecer.

Pero estoy tan familiarizada con algunos sitios de la casa como tan poco lo estoy con otros, que se me escapan igual que se me escapa la edad.

LA HORA DEL CAFÉ

Las tres y cuarto. Me gusta marcar un ritmo estridente haciendo bailar la cucharita dentro de una de las tazas chinas, golpeando, sin que se lo esperen, la una con la otra. Puede parecer que el sonido ácido que producen al chocar nace de un gesto desatendido, un despiste, pero es a propósito. Y el gato lo sabe.

Hago girar la cucharita unas cuantas veces con precisión –nítidamente, sin ningún accidente–, y cuando siento que es el momento, cambio levemente el eje central del giro, llevando la cabeza de la cucharita al límite de la taza. Cuando las hago sonar me imagino que gritan, que se quejan por el golpe. Eso sí es sin querer. Llega la idea a mi cabeza sin avisar. Pero siento satisfacción al hacerlo y el azúcar acaba por mezclarse.

–¿Te apetece un café?

Se lo pregunto, de espaldas, al gato y él tiene que dejar de hacerse el dormido para contestar. Se le olvida que yo no bebo esa clase de mejunjes, Olvido. Eso es lo que me contesta. Siempre me lo recuerda educadamente con las orejas.

–Vaya, habrá que comprar té la próxima vez.

El olor a café se hace con todos los escondrijos de la casa, amenazándolos con quedarse en ellos para siempre. Luego va durmiéndose hasta que por fin se despega de ellos de forma dócil y bastante mediocre.

ALGUIEN TOCÓ EL TIMBRE

Ese día... Recuerdo ese día porque la casa olía a gato y eso nunca se puede esconder. Y alguien tocó el timbre, y no esperaba a nadie, y quién será. Seguro que es el hombre que siempre ha estado esperando, que viene a llevársela, a llevársela con sus manos de grasa, dijo el gato. Es malo conmigo, el gato. A veces es malo conmigo. Y no callaba, y siguió diciendo es un ladrón. Ladrón, llévatela y llévate todos los muebles menos la mesa y el sofá. Llévate su visera, seguro que la quieres, llévatela. Llévate el camisón y el pelo de la ducha. Llévatelo, ladrón. Llévate esta vejez que cansa tanto y que mece a la par que magulla. Llévate sus lloriqueos a otra parte.

Sudor frío, tembleques. Abrí un resquicio de puerta con el reflejo del brazo preparado para cerrarla de nuevo, pero no era un ladrón. Era una chica y tuve que esconder al gato.

—¡Buenos días, Olvido! ¿Qué tal?

La chica hizo ademán de entrar, pero yo no pensaba abrirle la puerta del todo. Mis manos prietas en el marco de madera. Una piel tostada por el sol me hizo desconfiar: a quién se le ocurre estar tantas horas en el exterior. Qué se había creído esa niña, que se podía entrar en casa ajena así, tal cual, sin previo aviso y siendo una desconocida, sin llegar con una placa que enseñar o una identificación sacacuartos. Entrar como lo hace un hombre excitado.

–Tú no eres un hombre, chica.

–¿Cómo?

Mi voz se había deformado con el miedo, pero sabía que me había oído bien. Me has oído, niña, pero te lo repito.

–Que quién eres.

–Olvido...

Su risa cohibida me estremeció. Luego se quedó callada. Estaría pensando qué inventarse. Como no diga ya algo le cierro la puerta en esos morros secos que tiene.

–Vengo algunas veces durante la semana. A limpiar. ¿Te acuerdas?

El tono de su voz se suavizó, tan condescendiente como cuando le hablas a un animal asustado. A uno que acabas de atropellar con una mierda de coche y al que mientras se desangra le pides un perdón de conciencia tranquila.

–Yo no soy un animal asustado, idiota.

–Olvido, soy...

–Ah, sí, ahora caigo. Pasa, niña.

No, no caía. Pero si se empeñaba en limpiar la casa por mí, no iba a ser yo quien le dijera que no.

Nada más entrar, sus facciones cambiaron aunque intentara disimularlas. Debía de oler un poco feo. Como a establo, pero áspero. Yo ya no me acuerdo bien porque ya me he acostumbrado. No huele mal, mi casa, pero huele. Sé que es de esas casas con gato en las que no se ventila. Aunque sin gato, porque ella no debe saber.

–No tengo gato. Es que hace frío siempre.

–Lo sé, Olvido. No te preocupes. Yo me encargo.

Su voz evocaba la seda de un pañuelo. Eso es típico de las buenas personas o de las que te quieren embaucar. Si es de las segundas, esta casa está llena de bichos: no creo que aguante mucho.

Llegó con paso firme pero simpático hasta el saloncito. Yo la seguí. Echó un vistazo al sofá, a la mesa y a la cocina, con determinación. Se notaba que ya había estado allí. Vio el bol de pienso en el suelo. Luego se giró y me miró.

–¿Por qué has vuelto a poner comida de gato aquí?

Me quedé callada. Luego le dije lo primero que se me ocurrió:

–Por si acaso me apetece tener uno.

Ladeó la cabeza y sonrió extrañada. Parte de su melena le resbaló por los hombros. Aproveché para mirarla bien. La inspeccioné con disimulo. Solo se me ocurrió pensar que era tan bella que la vejez no sabría por dónde empezar a roer.

NO SE PUEDE IR POR AHÍ SIN COLA

Tengo miedo de lo que pueda entrar. ¿O es de lo que pueda salir? Me resulta imposible acordarme de los detalles a veces. Dice el gato que por eso hace tiempo que opto por actuar por inercia. Que he aprendido a mantener mi miedo al recibidor sin necesidad de alicientes.

Al otro lado de la puerta, el rellano de un ático en un edificio de la zona humilde de la ciudad. No recuerdo mucho más que eso. Cuando la curiosidad intenta matarme, se apodera de mí y me obliga a fisgonear por la ventana del saloncito asomando mi cuerpo de pasa igual que lo hace el gato. Aun así, yo nunca me atrevo a caminar por el alféizar ni dejo colgar mi larga cola acostumbrada a la emoción de las cosas peligrosas –porque no tengo–, para volver a cruzar de nuevo la ventana como si nada hubiera pasado.

–Este gato… Un día te vas a caer y no voy a ser yo quien baje a buscarte.

Dice que siempre le riño cuando *este gato* hace de gato. Y yo siempre le recito:

–Caerá el gato / encima de una chica. / Muerte inútil.

A este lado de la puerta, el recibidor. No vamos a hablar de él. No se habla de aquello a lo que se tiene miedo.

Aunque sí hablo de otras cosas.

–Creo que hace meses que tengo un gato en casa, mamá. Viene y va. A veces lo llamo, lo busco y no aparece en días, y otras lo veo ahí mismo… Ahora al menos tengo compañía, ahora que ya no vives conmigo. Mamá, vigila. Joder, te has echado el yogur encima, mamá.

Quién podría imaginar que esas serían las últimas palabras a una madre. Quién podría imaginar que eso no sería lo peor. Esas palabras, ese comentario inusual. Quién iba a imaginar que eso no solo precedería a la muerte de una madre sino, además, mi última salida a la calle. Porque para qué salir si una ya no tiene una madre allí fuera. Una madre… que a saber cómo se llamaba.

Me voy olvidando ya de todas las cosas. Pero aún recuerdo esa vez. A fin de cuentas, esas palabras fueron simultáneamente el inicio y el final de muchas cosas.

Cuando la dieron por muerta, arrancaron a mi madre de la residencia igual que si se hubieran deshecho de una de las malas hierbas del jardín, pero en vez de tirarla a la basura la trasplantaron en el cementerio de la ciudad. No he ido nunca a visitarla. No porque ya no quiera salir de casa, sino

–Porque está muerta, coño. Y es más, es una estupidez usar el concepto *visitar* para ir a ver un cuerpo gusaneado y enterrado bajo quién sabe cuántos metros de abandono. La soledad ya la ha conocido, ya está con ella y ella ya no quiere estar con nadie más.

En eso siento que me parezco mucho a mi madre de ahora, a la muerta. En que he conocido la soledad. En que al conocerla me he dado cuenta de que no quiero estar con nadie más. Excepto por el gato, que no es lo mismo. Con el gato es compatible vivir porque su compañía es ausente y despreocupada. A veces está y a veces no está. Siempre me dice que si algún día me muero, si usted se muere algún día, vieja, probablemente seguiré viviendo en la casa con total tranquilidad. Eso me dice. Como si yo no fuera a estar despatarrada debajo de la mesa del saloncito, con una mancha reseca de mierda haciendo juego con el color miel del parquet. Pasaré por encima de usted con la misma tranquilidad con la que duermo a veces en el alféizar o tiro al suelo esa taza china que una vez fue la quinta de la colección. Quién sabe, o quizá decida morir con usted. Con usted y con la casa. Eso me dice.

El recibidor conecta con el pasillo y, claro, hay que cruzarlo. Casi seis segundos de miedo a través de un pasillo larguísimo y estrechísimo como una cola de lagartija bien larga y estrecha. Un pasillo de suelos helados que amenazan con agrietarse y esas arrugas en la pared que no se lo pensarían dos veces a la hora de devorar a alguien. Hay que cruzarlo, el pasillo. Y después llegar al saloncito. Llegar a una calidez reconfortante, a una luz que llena toda la ventana, una luz que la ventana casi no puede con ella, una luz que intenta iluminar incluso la esquina de la cocina que se esconde del saloncito. Del saloncito, uno pequeño, uno con una mesa rectangular de esas que suelen disfrazarse de mesa cuadrada, de esas que solo tienen dos sillas plegables de madera. Uno con la cocina abierta, que conecta con él igual que conectan los órganos entre sí. Órganos de lagartija. El saloncito es el corazón, la cocina es el estómago, quizá. Un estómago con esquinas. A un lado de él, los intestinos con cama individual y una almohada blanda y baja. El tocador y la silla, un espejo donde me reflejo a veces, y ese olor amargo y dulzón. Dice el gato que allí huele a mí, huele a vieja, a intestino. Al otro lado el recto, donde meo y, cuando la digestión me lo permite, cago, y a veces hasta apunto bien y no tengo que limpiar la tapa al acabar. Para las veces que no tengo suerte la ducha me espera bien cerca, ahora que la chica ya no trabaja aquí. Ahora que ya no me limpia ella, me levanto sola del váter y con un par de pasos me basta. Es lo bueno de tener un baño tan pequeño.

Con esa ventana en el saloncito, que se estira como un felino y consigue llegar a la habitación, la casa no requiere de calefacción en invierno. O quizá es porque una se acaba acostumbrando al frío constante, una se acaba acostumbrando y empieza a pensar que las salas del cuerpo de lagartija gozan de gran calor. Exceptuando las noches, no se está tan mal. Pareciese que las salas se posaran en un gran rescoldo tímido al que no se oye crepitar.

Es al salir al pasillo, a la intemperie como quien dice, cuando te topas con un frío que destripa, te topas con la falta de luz solar y de ventanas. Es como si un animal hubiese querido cazar a la lagartija y hubiera acabado arrancándole la cola. Ahora el cuerpo intenta resistir, perdurar sin necesidad de cola, pero con miedo al depredador.

La casa: una lagartija que se ha visto obligada a desprenderse de su cola para sobrevivir y a la que le han vuelto a coser la extremidad, sin la esperanza de que volviera a circular la sangre, solamente porque había que hacerlo. No se puede ir por ahí sin cola.

CUANDO ESTABA LA CHICA EN CASA

A veces duermo en las esquinitas del piso, yo. Menos en las del recibidor, claro. Es imposible dormir dentro de una cola de lagartija. Pero en las otras sí duermo. Me hago pequeñita pequeñita, igual que un gorrioncillo malherido que deja saltitos de sangre, y con mis alas me oculto la cara para que nadie la vea. Después de eso crezco y las patas se me engordan y me salen pelos en las orejas y en la frente y en la barriga y en todos los sitios donde yo antes tenía pelo pero un día se me cayó, y peluda ando a cuatro patas como el gato. O la barbilla se me afina y endurece y entonces llena de plumas me subo a la mesa del saloncito y la picoteo fuerte hasta que duele y vuelo hasta el sofá y no me acerco mucho a la ventana por si acaso un día me voy volando. Me imagino lo que debe de ser volar y me entra miedo.

A veces llevo trencitas, yo. Y mocasines de charol que dan brincos conmigo, y uso al hablar una voz muy aguda, que tal vez haya usado años atrás, pero ya un poco rota. Como si durante muchos años hubiera sido asidua a esa vocecita tierna, pero del desuso se hubiera oxidado. Y al recuperarla ahora, en la voz se notara el polvo.

A veces llamo por el cuchillo, yo. Que es como llamar por teléfono pero más divertido, porque me tengo que imaginar dónde están los botones y a veces me tajo un poco las orejas, si no voy con cuidado. Normalmente no voy con cuidado. Quién va con cuidado cuando habla por teléfono. Nadie. Lo coges, tecleas y lo pegas a la oreja, sin más. Quién va con cuidado. Pues yo cojo el cuchillo y hago lo mismo. Y así me puedo pasar horas y horas hablando con la compañía del gas o con la chica o incluso hablo conmigo, conmigo la de horas que nos pasamos hablando... Y nos reímos y nos enfadamos y debatimos sobre política o sobre geranios. O nos recitamos haikus que nos inventamos.

–Por la mañana / pececillas de plata. / Un par de ancianas.

Y hablo con Olvido hasta que al cuchillo se le acaba el saldo.

A veces, cuando estoy sentada en el sofá, o en el suelo o en la encimera de la cocina, me miro los dedos corazón y anular de mi mano derecha, porque yo soy diestra la mayoría de las veces. Las otras soy zurda. Cuando me convierto en una niña pequeña, soy zurda. Y cuando hablo con mi madre o mi padre, también. Me miro los dedos corazón y anular de mi mano derecha y me los meto por debajo del camisón, dentro, donde tengo mi ombligo y mis pliegues y mi vulva. Y cuando mis dedos tocan mi vulva, mis nudillos se convierten en jorobas, y mis dedos se transforman en dos dromedarios sedientos andando por las dunas de un desierto. Y andando, andando, se encuentran con un oasis medio seco y corretean y corretean y se meten en el agua un ratito, en el agua que queda, que no queda mucha. Y luego salen contentos y mojados. Y enseguida saco a los dos dromedarios del camisón y me los meto en la boca.

Pero cuando estaba la chica en casa intentaba no convertirme en ningún animalillo, ni hablar con voz aguda, ni llamar por el cuchillo, ni lamerme los dromedarios después de metérmelos en la vagina. Cuando estaba la chica en casa, dice el gato, también intentaba usted no hacerme mucho caso a mí.

UN OLOR INUSUAL DETRÁS DE ESTA PUERTA CERRADA

Hay un bebé llorando en el recibidor. El eco se golpea contra las paredes del estrecho pasillo, como defendiendo su espacio personal, y así los sollozos van rebotando rápido de pared en pared hasta llegar al saloncito. En mis orejas el sonido chirría, se oyen muy fuertes los berridos. También el telefonillo ha estado sonando pero ya no logra hacerse oír con tanta pena. El llanto compite por el protagonismo de la casa. Parece que llanto y telefonillo plañan al unísono. Cruzo el pasillo intentando esquivar los golpes del eco y me acerco a la entrada. Descifro algo en el espejo del recibidor, entre las manchas que clarean en la oscuridad. Enciendo la luz y me veo reflejada. Dice el gato que no es un bebé. Que soy yo, lamentándome otra vez.

Le miro y suelto un gruñido y callo, y ahora sí, el telefonillo suena él solo de nuevo y ya estoy arrodillada en el suelo con las manos apretadas contra la cabeza. ¿Quién será, Olvido, si la chica ya no viene? ¿Esperas a alguien, quizá? ¿A un hombre? ¿A un hombre de manos grasientas? Pero yo ya no recuerdo muchas de las cosas. No recuerdo y me asusto y el gato se divierte viéndome asustada. Asustada, porque suena el telefonillo y ya estoy arrodillada en el suelo con mis gimoteos. El gato suele repetir y repetir que el otro vecino del ático, el que un día se mostró tan benevolente y dijo ten, este es el teléfono de la chica, trabaja muy bien y no es cara, ese vecino ahora debe de estar harto. O perplejo: ¿cómo una vieja ha podido parir?, ¿cómo tiene la vieja un bebé? Pero la vieja no tiene un bebé. La vieja es un bebé, porque llora igual. Cuando me asusto empiezo a lloriquear y a veces se me mete tanta rabia dentro, del miedo, que me duele la barriga y hasta chillo un poco. A veces llo-ro tan fuerte que parece que me dan rabietas infantiles, de esas que oyes a través de las paredes de una casa y hacen que la gente desee que el bebé crezca cuanto antes. O deje de crecer de una vez.

El gato, cuando se enfada, me dice eso, que a veces me parezco a un bebé. Olvido, a menudo usted se parece a un bebé. Usted y todos los humanos con la vejez a cuestas. Se parecen en los ruidos que hacen, en el hablar, en el vomitar o en el cagarse encima, en la falta de equilibrio y en la fisonomía. Cuando una persona nace, nace con cara de bebé. Y no me refiero a la forma de la cara, a los huesos blanditos por la falta de desarrollo o a esa carne en los mofletes que a uno le dan ganas de morder. No me refiero a eso. Me refiero a la expresión. A la mirada perdida entre los objetos más coloridos de la habitación. A las comisuras levemente levantadas pero sin sonrisa. Al no parpadear mucho y hacerlo con una parsimonia que saca de quicio. Cuando una de esas criaturitas te mira, se le queda la mirada pegada a tu cara y no veas lo difícil que es despegarla. Y cuando lo hace una persona que está más cerca de la muerte, pasa lo mismo aunque con muchas más arrugas. Y la gente lo nota. La gente que no es vieja, la gente que goza aún de salud y de rapidez y de pulcritud, lo nota. Percibe esa semejanza. Por eso una persona joven suele tra-tar a una anciana como si fuera un bebé. Le habla en uno o dos to-nos más altos de lo normal, de forma condescendiente y pausada, para que logre entender bien todas las palabras. No le pregunta, por ejemplo, su opinión sobre la economía global, no le interesa si le gusta o no la poesía japonesa o, qué sé yo, qué piensa sobre el concepto de belleza o qué derechos deberían tener en cuenta los partidos actuales. A la persona joven le inspira ternura la persona anciana. Su opinión no le parece útil o racional. Se apiada de ella –como si hubiera algo de lo que apiadarse–. No le pide nada más que seguir viva y recibir más o menos la información de la gente no vieja de su alrededor. Con una sonrisa de vuelta es suficiente. A la persona joven le gusta ver a la vieja como una figura sosegada, entrañable. Le gusta tratarla con un falso respeto: hablarle de usted, servirle la comida antes que al resto, pero mantenerla sentadita, quietecita encima de un pedestal que impide que sea considerada una persona corriente. La aleja de su pasado –la joven ya no se imagina a la vieja en su juventud, tiene la sensación de que siempre ha sido vieja–, y eso a su vez la infantiliza y le roba toda autoridad. Las conversaciones que tiene la joven con la anciana son las mismas que tiene con su hija o su sobrino. ¿Qué has comido hoy? ¿Ya has cenado? ¿Fuiste ayer al centro de día? ¿Qué hicisteis? ¡Cuéntame algo! ¡Cuéntame! ¿Te lo pasaste bien? ¿Hoy te has duchado? ¿Te acuerdas de esa canción que me cantabas? Ay, ¡cántamela! ¡Canta, canta!

El ciclo de la vida parece ser circular. Yo lo sé bien por el gato, que dice que vuelvo a tener cara de bebé.

Suena por última vez el timbre y suerte que he encontrado en el suelo un poquito de coraje para poder levantarme torpemente, descolgar el telefonillo y acercármelo a la oreja para hablar:

–Nada se verá. / Desentierro la puerta. / Fuera, el mundo.

Primero un silencio sucio y granuloso, lleno de respiraciones. Luego algunas palabras asoman por el interfono:

–¿Señora? ¿Es usted?

–A mí no me hables de usted.

–No la oigo del todo… ¿Está usted bien?

–Sí.

–¿Seguro?

–Sí.

De nuevo ese silencio molesto como una interferencia.

–Oiga, cualquier cosa que necesite sepa que puede pedirla. ¿Necesita que le suba alguna cosa?

–Pero si no sé ni quién coño eres.

Cuelgo el telefonillo de un golpe. Doy una vuelta sobre mi propio eje tal y como hace el gato a veces y vuelvo a arrodillarme. Tengo que irme de aquí. Tengo que alejarme de este recibidor cuanto antes. Noto la presencia del armario empotrado a mi derecha. Como si fuera a abrirse de un momento a otro, el armario. Tengo que irme de aquí. Me levanto de una forma bastante incompetente y me apresuro hacia la habitación. Aquí puedo respirar mejor. La luz y el calor. Me limpio con la mano los mocos y el camino de lágrimas pegado a las mejillas. Acerco rápidamente mi visera roja y blanca al tocador de madera de pino y la poso con suavidad. Me miro al espejo y empieza el baile: me pongo la visera roja y blanca, me queda algún rizo suelto, me quito la visera roja y blanca. Me pongo la visera roja y blanca, un rizo sin modales, me quito la visera roja y blanca. Me pongo la visera roja y blanca, un rizo que me odia, me quito la visera roja y blanca. Me pongo la visera roja y blanca,

–Me acompañarás, / bella pero indispuesta. / Fría me besas.

el primer rizo ha vuelto en busca de más pelea, me quito la visera roja y blanca. Me pongo la visera roja y blanca, ningún rizo insolente, se acaba el baile y empieza el sosiego.

Hace días que no hablo con nadie del edificio, pero hace días que en el edificio se habla de mí. Lo sé porque oigo a la gente en el pasillo. Hablan de mí y de un olor inusual detrás de esta puerta cerrada. Hace días que esta puerta no se abre. ¿Tantos días?, pregunta la mujer del tercero primera. De verdad que muchos, contesta su marido. ¿Y esa chica que venía a ayudarla?, pregunta el joven del principal. No ha vuelto. Pero no me extraña nada, esa señora es borde como una mala cosa, añade uno del segundo segunda. Pues a mí siempre me ha parecido una señora muy graciosa, muy curiosa, dice otra. Se le habrá puesto malo algo y ni se habrá enterado. Pero es que su entrada huele realmente mal, ¿eh? Mal de verdad. Yo no he subido, ¿a qué huele?, pregunta otro. A podrido huele, a podrido o a húmedo. A seta, a animal muerto. No. A algo pastoso y agrio y espeso huele. A lo contrario que el jazmín. A aburrimiento, a soledad, dice jocosa la señora del cuarto segunda, y luego añade muy seria: A azufre. También a pantano huele, a un pantano tan ancho y largo como la tristeza. A sudor, añade otro, a la boca de una botella de plástico usada. No. A una putrefacción dulce, a polvo huele. A vertedero, a meado, a carne cruda, a cerrado.

Hasta alguna hormiga he visto asomarse por el umbral, dicen, hasta alguna hormiga y todo.

ME DAN IGUAL A MÍ LOS COLORINES

Roja y blanca mi visera, y de flores mi camisón. Siempre lo llevo puesto, menos cuando lo pongo a lavar. Cuando lo pongo a lavar, me lo quito no por arriba sino por abajo. Desato la tira de la cintura y las mangas se deslizan hacia abajo hasta llegar a las manos, y las manos sostienen las mangas para que el golpe al caer al suelo no sea tan fuerte y no se hagan daño. No se hagan daño las mangas, pobres. Me compadezco de ellas muchas veces, me compadezco de ellas y de otros objetos de la casa como si tuvieran vida. Y las manos acompañan a las mangas hasta la altura de las rodillas, y ahora sí, las dejan caer y con ellas también al resto del camisón. Saco un pie. Luego otro. A veces no consigo sacar el segundo y tropiezo con las malditas flores de la tela y me doy una hostia contra la pared. Por eso hay meses que tengo el cuerpo negruzco, yo. Tengo el cuerpo con la sangre pegada a la piel, como queriendo salir, la sangre. Mi piel tan blanca y esos manchurrones tan oscuros. Un mapamundi en blanco y negro.

Cuando lo pongo a lavar, el camisón, voy desnuda por la casa. Voy desnuda porque ya no hay nadie. Sin bragas ni sujetador, me paseo por la habitación, me siento en el sofá, frío unas patatas en la cocina y a veces me ducho en el baño. Voy desnuda haga frío o calor. Voy desnuda cuando me peino o cuando me restriego contra una silla. O cuando anda usted a gatas por el saloncito, dice el gato, pero no es verdad. Roja y blanca, mi visera. Esa nunca me la quito cuando voy corriendo por el pasillo y abro la puerta de la entrada y la cierro después. Cuando eso, voy a mi habitación y me pongo mi visera. Me la pongo varias veces porque me la quito varias otras si me queda algún rizo mal puesto. Roja y blanca mi visera, y aunque el camisón esté dentro de la lavadora, corro muy rápido hacia la puerta de la entrada y la abro y lo que menos me importa es estar desnuda.

Cuando pongo la lavadora suelo aprovechar la oportunidad para juntar algunas toallas y trapos sucios de la cocina. A veces también me atrevo con las sábanas, aunque sean blancas y el camisón de flores de colorines. Me dan igual a mí los colorines. Siempre se lo digo al gato.

–Me dan igual a mí los colorines.

Cada vez que pongo la lavadora.

–Me dan igual a mí los colorines.

Aunque la ponga usted solo de blanco.

–Me dan igual a mí los colorines.

Luego cierro la puerta de la lavadora y la enciendo. Y me quedo un buen rato pasmada delante de ella, hasta que el tambor empieza a rodar. Incluso a veces se queda usted allí, de pie, desnuda, delante de la lavadora, hasta que acaba el programa. Eso dice el gato.

LA CHICA

Su piel era de un canela perseverante. Algunas manchas en el pecho y los brazos iban de la mano de pequeños cráteres que evidenciaban el acné digno de una pubertad dilatada hasta la adultez. Granos que no querían irse aún.

Sus axilas a veces olían a estiércol, pero a estiércol dulce, a estiércol que no repele, a estiércol que excita un poco. La chica era tan joven que desperezaba mi vejez. Pensaba en ella cuando me daba miedo la enfermedad. Pensaba en ella cuando resbalaba en el saloncito y me daba un golpe en la cabeza y me dolía igual que la migraña, pero por fuera.

Ah, y esos brazos, tan delgados. Dos ramitas desnudas de timidez. Como esos palitos que te apetece partir a trocitos y trocitos y trocitos hasta que no queda espacio por donde romperlos y entonces, entonces dejas los trocitos en el suelo del parque y te arrepientes de haberlos roto. Te arrepientes de haberlos roto porque el placer de partirlos es fugaz. Te arrepientes, no por romperlos, sino porque ya no puedes volverlos a romper.

El pelo oscuro y espeso le cubría la espalda como una breve

capa, podría usarlo a modo de chal. Las cejas casi siamesas de tan pobladas. Las manos largas, los dedos finos como esquejes, los ojos negros y redondos que casi no le cabían en la cara. Igual que esa nariz tan protagonista de la escena, ancha y redonda en la punta, pero sin querer estar fuera de contexto: recta como un general. Como diciendo al resto dónde ir.

A pesar de su escualidez, se movía con eficacia y fuerza. Parecía frágil por fuera pero era densa y contundente. Como si hubieran comprimido un cuerpo enorme en un espacio muy pequeño. Nunca la había visto embobarse, desenfocar los ojos, vacilar. La diligencia es una característica digna de las personas de su edad. Pero en ella se percibía como algo más, aunque fuera difícil identificarlo. Un erotismo involuntario se hacía inevitable en la joven. Llegaba a mí como algo totalmente fuera de lugar. Era demasiado para comprenderlo. Parecía como si todo en la chica existiera para responder a una sensualidad densa que asfixiaba. Me costaba respirar a su lado, a pesar de estar deseosa de olerla. Cuando rozaba mi mano con la suya interfería el tacto de mis arrugas. Estar cerca de la joven era como intentar chupar un caramelo cubierto con su envoltorio de plástico.

A veces, cuando la chica fregaba el saloncito, yo aparentaba estar inmersa en mi libro para colorear. Permanecía sentada a la mesa del saloncito e intentaba compaginar el no salirme de la raya con el observar atentamente a la joven con la fregona en las manos. Las primeras veces que la chica limpió el piso, he de reconocer que lo mío no era observación sino vigilancia, nacida de cierta desconfianza clásica por la extraña en casa ajena que en cualquier momento puede convertirse en ladrona de las baratijas preciadas de una vieja que parece no enterarse de nada. Pero ella era la única que no me hablaba de usted, así que el acecho fue distorsionándose hasta convertirse en una curiosidad recelosa. Y más tarde en pura inclinación.

–Oye, ¿quieres que la próxima vez que venga te traiga una planta para esta maceta?

Levanté la vista del libro para colorear y posé la mirada en la maceta densa y granulosa justo delante de mí. En mi boca el recuerdo inesperado –al que no conseguí adjudicarle el cuándo y el porqué– de mi lengua áspera y seca pasando por encima de los poros de terracota, que absorbían mi saliva. Decidí apartar ese momento de la memoria y volver a estar presente. Algunas esquirlas del material anaranjado decoraban la mesa a mi alrededor.

–La podrías poner en alguna esquina del piso. En el suelo. Es un poco grande para estar en la mesa, ¿no crees?

–¿Plantar algo aquí?

–Así la aprovechas.

–Ni lo sueñes. Ya me traía algunas plantas el joven del rellano. Qué majo. Un chico grande y rubio que venía a veces. ¿Sabes quién es?

–Claro. Ahora no recuerdo su nombre...

–Tanto da. Hace mucho que no viene.

–¿Y eso?

–Porque un día le insulté.

La chica se quedó en silencio así que proseguí:

–Se me mueren todas. Creo que las regaba demasiado porque siempre dudaba de si ya las había regado o no.

–La podría regar yo, si quieres.

–A veces algunas cosas se deslucen por exceso de cariño. ¿Nunca has visto esos peluches grises de suciedad que se han quedado sin un ojo y con el pelaje chafado y duro? Demasiado cariño, demasiada atención. Es difícil lidiar con eso.

Sonreí y la chica me devolvió una sonrisa extrañada. A veces no me acababa de comprender. Terminó de fregar, guardó los cacharros, se colgó la riñonera al hombro y se despidió. Al mismo tiempo que la chica cerraba la puerta de casa, yo cerraba mi libro para colorear.

EL ESPEJO REFLEJA

Un recuerdo de orín impregna mi camisón esta mañana. Me lo quito delante de la puerta del baño y lo dejo en la esquina donde siempre acaba posándose el sol. Parece que uno de sus rayos, ahora encima del camisón, señala la mancha de pis con su dedo de luz y se ríe de la ironía: un camisón de flores que huele a meado. Es como si un prado fresco oliera a callejón.

Llevo varios minutos delante del espejo del baño. Desde mi altura, el espejo me corta por debajo de los pechos. Tengo uno más caído que el otro porque también es un poco más grande. Dos bolsas que nunca se han llenado de leche y que aun así se esfuerzan por juntarse con otra bolsa con ombligo no mucho más abajo. Así desnuda, me veo a mí misma como un intestino grueso.

–Tristes pestañas. / Color de lo arrugado, / color de uñas.

Más abajo la vulva. Dos babosas alopécicas bien hinchadas y hediondas. Son los únicos pliegues que no me han cambiado con la edad. Todo lo demás, los brazos, la cara, las piernas, los pies, el culo, la espalda, los dedos y hasta las rodillas, va cediendo con el paso de los días. Soy una masa rugosa y voluptuosa que anda despacio. Antes intentaba enderezar la piel, tersarla hasta hacerme daño o hasta agotar el dinero del cajón del tocador. Cremas y potingues y masajes en vano. La vejez me amedrentaba, pero ya no. Ahora me conformo con poder dar vueltas por el saloncito.

Giro la cabeza tanto como me lo permite el dolor de ojos al forzarlos y me encuentro con mi trasero. Piel arrugada y negra. Los resbalones en el suelo a veces dejan algunos tatuajes. Como chupetones de amantes que no me tratan demasiado bien. Moretones que no son más que cúmulos de tristeza. De espaldas parezco una ciudad de noche. O una que tiene mucha polución. Una que tiene mucha mierda, como en la que vivo. Estoy llena de manchas igual que mi ciudad. Como si mi piel fuera así porque vivo aquí y no en algún lugar donde nieva cada día. O donde la arena fina del suelo aclara el pelo. Soy como mi ciudad porque está sucia y además tiene mar y yo a veces me meo encima.

El cuerpo de la gente se parece al sitio donde vive.

VIEJA ZORRA PUTA

La conozco bien, a Olvido. Esa zorra. Esa vieja zorra puta y ojalá se tire algún día por la ventana del saloncito. Esa señora podrida que no deja de oler mal aunque se duche. Y es que cómo se va a duchar bien esa guarra si no se llega a algunas partes del cuerpo puta endeble malnacida. Puta bola de pelo asquerosa. Ojalá se quede un día dormida tan profundamente en la cama que se muera que se muera ojalá se muera esa vieja zorra puta.

Con esa melenita de mierda que tiene, que parece una piruleta rosada que se ha caído al suelo y a la que se le han enganchado cuatro canas. Vejestorio inútil que se come mi comida abuela imbécil imbécil imbécil imbéeeeecil que no se puede ser más vieja y más imbécil, ¿me oyes? ¡No se puede ser más imbécil que tú, vieja chocha!

¡Es broma!

Ojalá vinieran un día a robar y se llevaran a esta idiota, se la llevara un hombre, pero claro, cómo se la van a llevar si está más usada que todo el piso entero, puta señora gastada. Todo el piso entero, que ni es tuyo este piso. Que era de tu madre, ¿y a quién se lo iba a dejar? ¡Qué remedio! Y luego tú la culpas de todo lo que te pasa, la culpas a ella porque no te atreves a culpar a tu padre. La cuestión es culpar al resto, a cualquiera, ¿no, vieja? Total, si luego a ti se te olvidan las cosas. Yo soy quien tiene memoria, tú no te acuerdas de nada, de nada pero yo sí, vieja, yo me acuerdo de todo lo que hiciste. Tú no te acuerdas. ¿O sí te acuerdas, de cómo no me dejabas hablar cuando estaba la chica en casa? ¿De cómo me escondías? Cuando estaba la chica en casa te avergonzabas de mí, de ti. Te avergonzabas de ti. Porque ¿qué es más vergonzoso que gastarte toda tu pensión en que te laven el culo? Todo tu dinero, tu mísero miserable dinero, vieja, todo para la chica. ¿Qué es más vergonzoso que pagar para tener compañía? Pagar para no estar sola.

¡Mira cómo te araño! ¿Ya te has vuelto a arañar, Olvido? Que sepas que a veces no te araño por miedo a hacerme yo daño, puta piel que tienes llena de callos y juanetes, ¡que pareces un fósil, Olvido!

¿Me oyes, vieja? ¡Un fósil! ¡Que no, que no me atrapas, babosa lenta!

No me atrapas porque siempre estoy detrás de ti.

Un día te araño toda la cara en vez de los brazos y te parto la cabeza como a ti te gusta hacer que te encanta, como ocurrió en este pasillo y ahora el armario empotrado del recibidor huele a tu culo.

Vieja zorra puta.

UNA MANCHA DE CAFÉ SE ESCONDE BAJO EL COJÍN FEO

Siempre sacudía los cojines como si enviara señales de humo a un amor y ese día no fue distinto. Suave y afectuosamente. Luego los colocaba cada vez siguiendo un orden distinto. No los dejaba a su suerte, se detenía a diseñar el sofá. Con mimo, ponía uno aquí y otro allá y luego cambiaba de idea, volvía a recoger el primero y lo dejaba al lado del otro. Aunque el feo que tiene una mancha de café, siempre, siempre lo escondía debajo de cualquier otro, como protegiéndolo detrás de sus hermanos mayores. Con ese no había estética y cariño que valiese. No contenta con ocultarlo, la chica le daba la vuelta para que la mancha quedase bien apretada contra el respaldo del sofá. Yo siempre acababa volviéndolo a girar, y cada vez me divertía más verla recuperar el trabajo de la semana anterior.

Al acabar el trabajo interiorista del sofá, dio unos golpecitos al último cojín que había acomodado y siguió con otras tareas. Recogió un libro de la encimera, un libro que no sé qué hacía allí porque yo ya aborrezco leer. Lo habría cogido para espantar alguna mosca o para reñir al gato, o a lo mejor a este le había dado por la literatura. Ella lo vio desorientado y lo acompañó a la librería de la habitación. Después de darse cuenta, al buscar por orden alfabético y luego numérico, de que los libros que tengo no están clasificados de ninguna forma, ladeó la cabeza, se fijó en el número de colección del lomo y ojeó el libro en sus manos. Un libro de haikus. Me gustaban mucho los haikus, pero ya nunca los leo. Ahora ya solo los recito de memoria. O quizá me los invente, no sé.

–Se puede saber cómo es alguien a partir de sus libros, ¿sabes? Si dobla las esquinas, si subraya, y si lo hace con boli o lápiz.

La miré a lo lejos, desde la mesa. No tenía respuesta para eso y ni siquiera sabía si me apetecía esa conversación en ese momento. Bajé la mirada hacia mi libro para colorear y dejé clara mi poca disposición.

–No sé qué decirte.

–Sí, este libro, por ejemplo. Tiene muchas esquinas dobladas y frases subrayadas. Probablemente esta persona es de esas que sienten que siempre pueden aprovechar algo de todo lo que les pasa o que incluso tienen miedo a perder cosas importantes. O a dejarse algunas cosas por el camino. Pero utiliza el lápiz. Eso nunca lo he entendido.

–¿El qué?

Le seguí el juego. Al fin y al cabo, estaba limpiando mi casa y yo allí sentada pintarrajeando mi libro para colorear.

–Marcar los libros con lápiz.

–¿Por qué?

–En realidad, ¿por qué no con boli? Hay ese miedo.

–Es sencillo: el boli no se borra.

–Claro, pero ahí está el tema. ¿Para qué hacerlo a lápiz? No creo que luego vayas a borrar todo lo que has ido subrayando en los libros a lo largo de tu vida.

–Ya, bueno.

–En ese caso, no hay diferencia entre el lápiz y el boli. Pasan a ser objetos con la misma función. Pasan a significar lo mismo. Para los libros, un lápiz es un boli y un boli es un lápiz. El carboncillo se convierte en tinta y la tinta en carboncillo.

A veces la chica, mientras hablaba, empezaba a levitar. Se alzaba en el aire, flotaba su pelo largo y encrespado como un animal vivo mientras divagaba sobre algo aparentemente insustancial, algo insípido que ella acababa por convertir en zumo. En un tipo de combustible que la elevaba hasta alturas que yo no alcanzaba a ver. Una vez arriba, la oía hablar borrosa.

–Acércate, déjame ver el libro.

La vi volver de ese lugar lejano e inaccesible y dejar el libro abierto encima del mío. Un haiku de Shinohara Hosaku subrayado a lápiz me llamó la atención y lo recité en voz alta:

–Hormiga, / aunque subes a una rosa / el sol está lejos.

–Es bonito, pero un poco triste.

No estaba de acuerdo con la chica. Yo creía que era al revés. Que era triste pero un poco bonito.

–La gente que usa lápiz es gente cauta que no consigue comprometerse. Piensa que, al no hacerlo, sus decisiones no serán permanentes y eso evitará ciertos errores. Pero si lo piensas, no decidiendo también están decidiendo. Deciden no hacer nada notable. Pero decidir siempre se decide.

Vi cómo los ojos de la chica, que me miraban fijamente, empezaban a brillar. Que yo me hubiera animado a participar en el debate –por muy ridículo que a mí me pareciera–, esa reciprocidad alentadora, le hizo sentir que teníamos más cosas en común de las que ella había creído. Y darme cuenta de eso, de hecho, me animó también a mí a seguir hablando.

–Escribir con lápiz tu vida es un autoengaño. Uno que no lleva a ningún sitio en concreto. O, mejor dicho, uno que lleva exactamente al mismo sitio que escribirla con bolígrafo. La vida es un lugar común.

Pude notar en la piel la satisfacción de la chica. Y como un fresco agradable, la satisfacción ajena consiguió despuntarme el vello de los brazos. Que la joven estuviera tan cerca de mí, que su satisfacción casi me rozara la piel, lo estimulaba.

–¿Y adónde te llevan?

–¿Qué?

–¿Adónde te llevan ambos caminos?

Nuestros cuerpos cercanos, abandonados al ensimismamiento, me produjeron un rechazo repentino.

Conseguí sobreponerme, erguí la espalda y la posé en el respaldo de la silla con el objetivo de responder mejor.

–A la muerte. Todos los caminos van hacia allí escojas lo que escojas.

La chica se quedó pensativa y yo bajé la vista al libro. Un puñado de versos marcados con líneas grises se estiraban soberanas encima de mis manchas de colores. No quería seguir hablando de ese tema, así que, antes de que la chica siguiera preguntando, proseguí:

–Las líneas con las que han subrayado las frases son temblorosas, si te fijas.

–Sí.

–Se podría tratar de alguien que andaba mientras leía.

Le dije eso girándome hacia ella, para verla. Sus ojos grandes mirándome. Le dije eso porque me acordé de años pasados, cuando veía a mi madre andar mientras leía. Lo hacía sin tropezar. Y yo ahora tropiezo incluso sin tener nada en las manos.

–O incluso de alguien que leía en el tren.

Al comentarlo, la chica hizo amago de taparse la nariz. Acercó una mano discreta a la boca, apoyando algunas yemas de esos dedos finos en el pómulo y la mejilla, como protegiéndose con irresolución. Pensé que se protegía de mí, de mí o de mi aliento. Primero creí que era una maleducada, pero al no conseguir recordar cuándo había sido la última vez que me había lavado los pocos dientes que me quedaban tuve que admitir que el gesto era de esperar. Quizá me oliera el aliento. Quizá sí.

–Quizá sí.

–Sí, que no paraba quieta. O, vaya, los temblores podrían deberse…

–¿A qué?

–También podría ser una mujer mayor.

Después de pronunciar la frase, la chica se avergonzó de lo dicho. Parecía intentar disimularlo, pero sus mejillas la delataban. Como si lo que había dicho no tuviera la misma gravedad en su cabeza que en su boca. Como si al decirlo hubiera hecho factible algo o lo hubiera agravado. Como si al abrir la boca hubiera tirado un vaso de cristal al suelo. Como si después esperara un castigo por ello. Intenté obviar toda esa necesidad impetuosa de tacto y retomé la conversación.

–¿Cómo sabes que es una mujer?

–No lo sé, lo he intuido.

–Ah.

–¿El libro era de un hombre?

La chica aún estaba incómoda, pero intentaba salvar el diálogo. Decidí ayudarla.

–Es obvio que no.

–¿Por qué?

–Fácil: porque los hombres no tiemblan.

–Cómo que no tiemblan.

–No. Al menos no como las mujeres.

La joven entrecerró los ojos y pensó en lo que yo acababa de decir. Luego abrió ligeramente la boca para responderme, para decir algo que al final no dijo. Acabó preguntando otra cosa.

–¿Crees que las mujeres tiemblan diferente?

–Es evidente.

–Pero… ¿porque son más débiles o algo así?

Otra vez esas mejillas rosadas que le avivaban el rostro. Como dos hogueras que iluminaban los ojos grandes y oscuros.

–Como dos hogueras son.

–¿Las mujeres son como hogueras?

–Sí, no son débiles.

–No te entiendo.

–Las mujeres tiemblan como si no les importase temblar. Tiemblan igual que una llama, por naturaleza. Han crecido temblando, se han habituado al ambiente. Los hombres solo tiemblan a escondidas. Tímidamente, casi con temor. Hay una fuerza que no tienen y que las mujeres sí. Las mujeres saben hacerlo bien porque tienen años de experiencia.

–Es verdad, Olvido.

La chica me miraba con una admiración dúctil. Parecía que siempre estaba preparada para maravillarse. Era un hábito insoportable: todo le sorprendía. Como si creyera que el estupor fuese parte de su condición de joven. Aunque no puedo negar que poco a poco me fui acostumbrando a ella y esa característica tan suya acabó por agradarme. Y entonces se me ocurrió:

–Supongo que es una de las pocas ventajas de ser mujer. Temblar sin vergüenza.

De improviso, el estómago henchido de una tristeza pesada. Sin saber hasta ese momento que existía, desbloqueé un recuerdo de infancia. Como si hubiese congelado años atrás esa escena para no echarla a perder con el tiempo y ahora hubiera acabado de descongelarse del todo. Tiembla sin vergüenza, me dijo mi madre, si tienes miedo, tiembla, pero hazlo sin vergüenza, Olvi. No le des esa satisfacción a la gente, no le hagas saber que tienes miedo y que además te avergüenzas de ello. Que sepa la gente que tenerlo es natural, que estás acostumbrada al miedo, que no es algo nuevo para ti. Madurar es perder la vergüenza a las cosas.

Bajé la vista de nuevo al libro. Las frases subrayadas de esa forma tan suya, tan de mi madre. Los libros de mi madre, los libros de haikus de mi madre. Un dolor de estómago me subió por el esófago y se agarró a él como una garrapata. Y después del breve recuerdo de una madre, esa certeza clarísima, ese percatarse de que esa madre, ahora, ya estaba muerta. Mi madre estaba muerta. Mi madre se había muerto. Mi madre se había muerto hoy. Y unas gotas desde los ojos empezaron a hacer su función.

–¿Qué pasa? Olvido, ¿qué ha pasado? ¿Estás bien?

–Hoy se ha muerto mi madre.

Se lo dije conteniéndome, pero una pena saturada me acabó obligando a vaciarme. Me tapé los ojos con un brazo para que la chica no me viese llorar, pero no era suficiente. Apoyé entonces los dos brazos encima del libro para luego acomodar entre ellos la cabeza. Mis muslos mojados.

–No, no. Olvido, oye…

La chica apartó de la mesa la silla que quedaba libre y se sentó a mi lado. Me rodeó la espalda con su brazo derecho y noté cómo su mano me acariciaba con timidez.

–Hoy se ha muerto mi madre.

–No se ha muerto, Olvido, no se ha muerto hoy.

Una ilusión me recorrió todo el cuerpo y despegó el dolor del esófago.

–¿No se ha muerto? ¿Puedo hablar con ella?

La miré a los ojos con alegría infantil. La chica enmudeció. Su mano seguía acariciándome la espalda casi de forma automática. Aproveché ese silencio desconcertante para fijarme en la joven. Había estado limpiando la casa y –ahora me daba cuenta– lucía una frente perlada y le habían crecido dos manchas de sudor en las axilas.

–¿Quieres que te prepare un té?

–Solo si te lo tomas conmigo.

Hecho, me dijo rápida mientras se levantaba como un resorte y se dirigía a la cocina. Yo quería preguntarle dónde estaba mi madre, por qué no estaba aquí, en la casa, y si podía o no hablar con ella, pero no podía dejar de pensar en la mano de la chica, que ya no me acariciaba y había dejado una especie de calor vacío en mi espalda, como un recuerdo magullado. No me giré para ver cómo preparaba el té, la seguí con mis orejas por toda la cocina. El agua que hervía, los sobrecitos, las cucharas dando golpes en la porcelana. Cuando terminó, volvió a acercarse con ambas manos ocupadas, se sentó en la silla y puso en las mías el peso de una taza de té caliente.

–Olvido, tu madre ya hace años que murió.

Parecía que la chica se había tomado ese tiempo previo como una oportunidad para pensar en lo que quería decirme. Ahora venía más relajada y me hablaba con una dulzura pautada. Su mano volvió a mi espalda, y de nuevo sus caricias. Cuando me lo dijo, cuando me dijo la chica eso, eso en lo que de repente reparé, eso que no era una mentira, que era cierto, que mi madre ya hacía años que había muerto, cuando me lo dijo, una idea densa y salada como la melancolía me sobrevino.

Soy huérfana. Nunca lo había pensado. Soy huérfana. Soy huérfana y nadie me compadece. A nadie le entristece mi situación, porque se supone que soy lo bastante mayor para afrontar la muerte de mi madre –y supongo que la de mi padre–. A mi edad, las muertes son lo que hay que esperar. Nadie se conduele por ser yo huérfana, por vivir descuidada, sin alguien adulto que me ampare. Soy huérfana. Huérfana de madre, de padre, de amigas –aunque yo, huérfana de amigas, siempre lo he sido–. Ser vieja es ser huérfana y nadie piensa en ello. Ser vieja es vivir con la muerte alrededor. Solo había muerte a mi alrededor, aparte del gato y la chica.

Y fue ella quien me alejó de ese ensimismamiento y volvió a hablar de mi madre.

–Yo, de hecho, no he llegado a conocerla. No he tenido esa suerte.

Sorbí un poco de té y en mi mente di refugio a una sensación a esas alturas insulsa pero desagradable.

–Yo tampoco.

UN DÍA CLARO DESPUÉS DE UN EPISODIO DE LLUVIAS

Más tarde, con ayuda de la demencia, mi madre me lo contaría todo. Y más tarde aún, yo se lo contaría al gato creyendo recordarlo con claridad. Con la claridad con que se recuerdan esas imágenes infantiles que es imposible que una haya almacenado desde tan temprano en la mente. Pero que son reales. ¿Son reales? Con esa claridad recuerdo que cuando caí al barro sentí por primera vez un frío que me acompañaría toda la vida. Que lloré hasta que la lluvia me lo permitió, hasta que se me colaron las gotas en la boca y el llanto se convirtió en gárgara, y que antes de ahogarme, mi madre me cogió en brazos.

Nací en la tierra, igual que las hormigas. En el patio estéril de mi casa de infancia, de la casa de mi padre. Un patio arisco y vago donde era imposible cultivar nada, árido de día y barroso de noche. Casi pantanoso, cuando oscurecía, por culpa de la lluvia nocturna. La poca gente que pasaba por delante dejaba de sonreír al verlo y volvía a hacerlo cuando sus ojos se posaban en la siguiente parcela. Era casi instintivo poner mala cara a ese terreno. A mí me pasaba siempre cuando volvía del colegio. En cuanto me acercaba a la casa, las comisuras me empezaban a pesar y me acababan colgando. Tenía que rectificarlas o al día siguiente me despertaba con agujetas en la mandíbula. Por eso nunca quise invitar a ninguna amiga a jugar allí. Sí que tenía amigas. El gato lo niega porque es un maleducado.

Mi padre no se contentó con que yo naciera debajo del porche de madera, sino que pidió a mi madre que se alejara todo lo posible de la casa. Que alejara todo lo posible aquellos bramidos de parto que no le dejaban oír la televisión.

–¿Puedes bajar la voz?

–Estoy pariendo.

–Pues hazlo fuera.

Un documental recién empezado en el canal de naturaleza explicaba:

Hay más de doce mil especies de hormigas en el mundo. Cada una con su respectiva arquitectura y organización del hormiguero. Hoy, en Animales Curiosos, *hablaremos de la más singular: la hormiga de la piel…*

Mi madre no tenía tiempo para discutir esa vez. Necesitaba urgentemente arrodillarse, sofocarse, ponerse en cuclillas, chillar. Las contracciones tiraban de ella hacia abajo, reforzando la gravedad, y cada paso le costaba más que el anterior. Aun así, nos llevó a mí y a sus piernas de plomo hasta la entrada y abrió la puerta y se le tensó la piel de la cara y se le secaron los labios y lo de gritar ya no le apetecía. La piel de gallina por el frío apenas era visible. La noche ya llevaba unas horas peleándose con la tarde. Ahora que mi madre estaba fuera de la casa, el documental se oía a lo lejos, como debajo del agua. Mi madre observó un instante a su marido a través de la ventana. El interior de la casa le pareció más agradable que nunca. La luz amarilla y cálida de la lámpara de pie iluminando al hombre; la cerveza encima de la mesa, sin posavasos; un radiador sugerente en la pared del fondo. Pero el frío de fuera agravaba el dolor que yo le producía dentro, así que mi madre no tenía otra elección que concentrarse.

Se arrodilló ante el paisaje azul oscuro, cada vez más blando por la lluvia, y empezó a empujar encima del suelo de madera. Sentía el calor húmedo de los listones en las rodillas y los pies. En las manos la textura de las vetas. A pesar de la noche, el suelo aún tenía guardados dentro los rayos de sol de esa mañana.

Aunque el camisón limitaba el paso del aire hacia la entrepierna, el frío consiguió llegar a su vulva, y era inevitable tensar los músculos cruciales para el parto, contraerlos y boicotearse a sí misma. La vagina, dura y frígida. Le costaba empujar hacia fuera. Al final mi cabeza asomó y mi madre la sintió como hielo resquebrajándose por la mitad. Apretó los dientes por el intratable ardor y gritó de nuevo. Luego paró, porque mi padre la reñía:

–¡Que no oigo bien la tele, joder!

La mujer masculló algunos insultos y engulló mi cabeza. Miró más allá del tejado de madera que la protegía y vio cómo las gotas amenazantes creaban una capa de agua a poco metros. Se levantó con dificultad y dio unos pasos más hasta bajar el escalón del porche. Notó el fango encharcado en los pies y la lluvia violenta en la coronilla. Antes de que los pies se le hubieran hundido del todo en el barro, este le salpicó la vulva y yo me bañé en él.

Una vez caí de la vagina de mi madre, ella recogió a su bebé y entró en la casa. Se acercó a la cocina manchando el suelo de barro, cortó el cordón que nos unía y conmigo en brazos fregó las pisadas y el líquido amniótico del suelo. Ya en el salón, con la ropa mojada pegada a la barriga, al culo y los pechos, empezó a ser consciente de que había parido a un humano. Que lo había hecho sola. Que lo había sacado de su vagina, unos tres kilos y medio, que era una persona cualquiera que se acababa de sacar de dentro a otra. Otra a la que había dado de comer durante meses, a costa de su físico y su salud mental y su energía. Que se había pasado nueve meses fatigada, con vómitos o hinchazón o cambios de humor o dolores de todo tipo. Por no hablar de las contracciones que acababa de sufrir y de lo largo que se le había hecho el día. Todo para tener que ponerle el apellido del marido porque se daba por hecho, o, si intentaba contradecir a la sociedad y enfrentarse a la obviedad, ponerle el apellido de su propio padre, que venía a ser lo mismo. Todo para no poder firmar con su autoría la creación. Incluso para no poder escoger ni cómo se iba a llamar el bebé. Y una rabia como una arcada le sobrevino, y se acercó al sofá y, drogada de un chute de valor, soltó:

–La voy a llamar como mi madre.

El marido giró la cabeza hacia su mujer sin perder de vista la televisión y respondió con parsimonia:

–Se va a llamar Olvido, como la mía.

... Los zánganos de la piel, en cambio, viven fuera del hormiguero y tienen como única función la de aparearse con la reina para que ella pueda poner sus huevos. Tienen una existencia efímera, apenas de pocas semanas, y únicamente se interesan por el hormiguero durante el vuelo nupcial, ceremonia en la que se fecunda a la reina. Mueren tan pronto como han cumplido esa función...

El documental llenó un silencio larguísimo. Y al final la madre, que estaba agotada, terminó por irse a la habitación y no decir nada más.

El cansancio es la forma de sumisión más efectiva.

Después de las noches de lluvia, cuando empezaba a clarear, el patio se llenaba de miles de hormigas. Desde lejos parecían un manto negro y brillante con el que alguien hubiese tapado el suelo, igual que se hace con las piscinas en invierno. Salían del barro buscando un poco de calor, y mientras esperaban a que la tierra se secase, fornicaban.

Dice el gato que hoy huelo a ese patio.

ES MEJOR COMÉRSELAS

Una hormiga en mi casita. Sale de su hormiguero. Un hormiguero escondido en el armario empotrado del recibidor. Sale de él y consigue con el andar inocente de sus patitas inquietar al pasillo, que ahora se estremece y arruga y expande sus paredes como intentando desatragantarse. Vomitarla hacia la puerta.

Es tarde y la humedad contamina la casa. Empieza un olor caliente a hongo, sobre todo en la entrada. Como si centenares de champiñones crecieran en el parquet del vestíbulo y se reprodujeran por las paredes y las esquinas de cualquier superficie blup blup blup y fueran voluptuosamente llegando al saloncito. La hormiga los precede y, camino de la cocina, se acerca segura a unas migajas en el suelo.

Me incorporo en la cama y estiro el lomo y la soñolencia. Es tan fuerte ya el olor del recibidor que noto su bochorno en la piel. No será fácil espantar ese olor a podrido cuando se haga de día. Me incorporo del todo y mis patas luchan por no doblarse encima del colchón, que las desequilibra. Salto hacia el suelo firme.

–No te acaricio. / Tus manos con hormigas / me hacen cosquillas.

Las hormigas. Están descontroladas. Se están quedando sin su nido. Sin su nido, cada noche veo más. Con ese ademán enredado que tienen todas ellas, escamoteando por las noches los trocitos tristes de comida que el gato desaprovecha. Cuando el hormiguero ceda y se escurra, no tendremos espacio para todas ellas. Cuando se deshaga y no quede nada de él terminarán por expandirse, abrirse camino y dejar de estar concentradas en ese hervidero repugnante donde estaban. Van a propagarse, a pasearse por el pasillo, por el baño, por el saloncito, por el sofá y la cama, y no habrá suficiente espacio en este piso para tantas hormigas y para mí. Y entonces seguro que van a querer que me marche de esta casa. O, mejor, dice el gato, se la llevarán a usted con ellas.

A veces el gato se asusta y me empieza a decir que es mejor comérselas. A todas ellas. A todas las que vea. Están ricas, las hormigas, dice. Dulce manjar. Es mejor comérselas antes de que me coman a mí. Y eso hace. Se acerca con sigilo a la hormiga de la cocina, se sienta en el suelo, la sigue con los ojos y la huele. Esa humedad. Huele a seta. Una hormiga que huele a champiñón y que se come y que sabe dulce como cualquier otra.

Antes de que me coman a mí, porque las veo capaces de eso. Las veo capaces de rodearme, subirse encima de mí y engullirme. Tal es la confianza que tienen en su fuerza como grupo que pueden llevarse lo que sea o a quien sea, que pueden atacar a cualquier tipo de animal, independientemente de su tamaño. Las hormigas son depredadoras feroces. Atacan en manada, como los lobos. Lobos, las hormigas.

El gato se relame después de comérsela. Se pone de pie. Desde aquí arriba ve la cocina con facilidad. Ve la encimera y las tazas chinas en la estantería. Ve la ventana del saloncito y el sofá y se refleja en el espejo del baño a través de la puerta abierta. Ve la habitación y camina con sus dos pies y entra en ella. Ve la cama y se sienta en ella. Ve la almohada y se estira y se tapa con el edredón hasta la cabeza y no se duerme porque tiene miedo.

CASARSE CON UN MONOPATÍN

Acababa de llegar y ya tenía las manos enguantadas y llenas de cachivaches de los que no hubiera dicho que estuvieran en esta casa minutos antes. Abrió las ventanas y respiró. Ahuyentó el polvo y acarició el suelo con el mocho y luego me dejó ver sus manos delgadas otra vez. Recordé los momentos en que, no estando la chica en casa, se me ensuciaba algo y yo lo dejaba estar, no lo limpiaba. O veía algún que otro pelo, alguna que otra piedrecilla en el suelo y no la recogía. No la recogía con la intención de que la chica pasara más tiempo en casa la próxima vez.

Cuando sacudió las sábanas en la habitación me percaté de los pelos en sus axilas. Dos campos de césped negro sin podar que mantenía a la vista con una serenidad envidiable. Me habría gustado haber tenido a mano mi cuaderno para dibujarlos en el papel, en alguno de los perros o bicicletas que me faltaban por colorear. Añadiría los pelos a esos dibujos, en los sobacos de una piedra o una escalera. Usaría el color negro para ser fiel a la realidad. Resignificaría las imágenes, que adoptarían de golpe una originalidad notable, y luego se las enseñaría a la chica y la haría reír. Espero que eso le hiciera reír, así podría haber visto sus dientes, del color de las paredes cuando amarillean por la humedad. Pero si me hubiese levantado del sofá en ese momento y me hubiese inclinado sobre la mesa del saloncito, pisando con mis zapatillas el suelo mojado, habría sido desatento por mi parte.

Aunque iba de una habitación a otra y la luz de las ventanas del saloncito y mi cuarto rociaban su cuerpo intermitentemente, el color del té con leche de su piel persistía inalterable. Absorbía la luz del exterior y la engullía sin verse afectada por ella. Un espectáculo diurno que daba la casualidad de estar aconteciendo en mi casa y no en otra. En este piso viejo y modesto. Su cuerpo jugando con el sol y las sombras sin apenas percatarse. Mis paredes discretas la rodeaban. Toda ella envuelta en mi casa. En mi propia casa. Y mientras, el suelo barrido secándose.

Su teléfono empezó a sonar. Un bulto de ruido que se descubrió ante mi extensa planicie de placidez. Me inquieté, nunca había sonado su teléfono. Ni siquiera había imaginado que tenía teléfono y ahora sonaba y yo quería saber quién era. La chica se abalanzó saltarina hacia él, dentro de la riñonera. Su pelo la siguió como un animal salvaje, ajeno a ella, volando mullido y voluminoso a sus espaldas y posándose finalmente en sus hombros. La joven apoyó las caderas en los límites de la mesa del saloncito y miró la pantalla. Se contuvo. Sus labios resecos descubrieron los dientes amarillentos pero sin manchas, vírgenes de café. Ordenados y agradables por una probable educación por parte de un aparato dental en su adolescencia. Una sonrisa vergonzosa sabía que la estaba observando.

—¡Hola! Te llamo luego, que estoy con Olvido.

Al oírla pronunciar mi nombre me molesté. Lejos de hacerme ilusión el hecho de que la chica le hubiera hablado de mí a otra persona, me produjo un despunte de amargura. Seré vieja, pero no tonta. Alguien que yo no conocía me conocía a mí. Alguien tenía una ventaja y yo no había sido consciente hasta ese momento. Alguien estaba por encima de mí y yo ni siquiera era conocedora de ese alguien. La chica colgó, y mientras guardaba el teléfono le pregunté quién era.

–Es... un amigo. Bueno, mi novio. No, bueno, algo así.

Entonces se abrió un camino que no sabía que existía en la concepción que tenía de la chica. Un camino lleno de mierda.

En las semanas de convivencia que llevábamos, nunca había nacido en mí el interés por ese tipo de conversación. No por pudor, sino por no haberlo previsto. Vergüenza no me daba preguntarle por sus cosas. La chica me había visto el coño pelado, cuando me limpiaba a mí y no al piso, y yo me lo había dejado ver porque me da igual que me lo vean. Este coño sin pelos ya no es más que una prolongación de mi barriga.

No me daba vergüenza hablar del amor, es solo que había obviado profundamente esa faceta del ser humano. Y en ese momento, delante de ese camino lleno de mierda y ramas que para atravesarlo habría que arrancar y mancharse las manos, no estaba segura de estar preparada para hacerlo. Se apoderaron de mí dos emociones que no acababa de entender ahora juntas: la pereza y el desengaño. El resultado era desalentador. No quería tener esa conversación con la chica –ni con nadie–, pero a la vez sí quería. Qué te pasa, vieja Olvido. Una desilusión inexplicable me oprimió gradualmente el pecho. No sabía por qué, pero quería saber.

–No sabía que tenías... eso.

–Bueno, nos estamos conociendo.

Esa frase fue como una cerilla. Me rozó y empecé a notar el calor del enfado. No era lógico, no era justo que la chica estuviera con alguien al que aún no conocía bien. A mí sí que me conocía.

–Si aún no lo conoces, ¿por qué estás con él?

–¡Para conocerlo necesito estar con él!

La chica rio y eso agravó mi enfado. ¿Se tomaba a broma esa situación? ¿Le hacía gracia yo? Se estaba riendo de mí. Un temblor en mi labio inferior.

–No te rías de mí.

–No me estoy riendo de ti.

–¡Que tú te ríes de mí! ¡Que tú!

La rabia me entorpecía al hablar, como un trapo dentro de la boca, la rabia.

–Olvido, yo no…

–¡Que tú te ríes de mí que yo no me río de ti!

Agarré el cojín que más cerca tenía y lo apreté muy fuerte. Ojalá hubiese sido su brazo. Lo apreté muy fuerte, y como ya no podía aguantar toda la rabia que tenía empecé a sacarla por las manos. Y zarandeé el cojín y me golpeé el regazo con el cojín y los golpes sonaban ásperos y secos encima de mi regazo y al levantar el cojín del regazo me vi, más abajo, las zapatillas. Una escondida bajo la otra, como si tuvieran vergüenza de mí.

–¡Olvido, para! Para, que te vas a hacer daño.

La miré y paré. Generé un silencio que acabó por romper la chica.

–Pero ¿qué te pasa?

Un velo de hostilidad y pudor me ocultó todo el cuerpo. Dentro de esa capa volví a bajar la cabeza y miré mi pecho, pintado de pequeñas venas azuladas. Miré mi ropa, mi camisón ridículo y mis zapatillas de vieja. Me toqué el pelo amaneradamente, qué te pasa, vieja Olvido, me aseguré de que los rizos estuvieran en su sitio. Es porque no llevaba mi visera. De haberla llevado no me habría sentido tan insegura. Nunca la chica me había hecho sentir insegura. Esa niña que limpiaba mi casa, que no tenía nada más que hacer que limpiar mi casa y estar con un chico.

–Estás con un chico.

–¿Cuál es el problema?

–Ninguno, obviamente. Cuéntame qué hace, cómo es.

La chica se contuvo durante unos segundos. Dudo que supiera cómo proseguir.

–Pues es de mi edad, más o menos. Y es divertido y amable. Tiene el pelo hasta los hombros. Nunca se lo peina.

–¿Y qué hace?

–Es *skater.*

–¿Qué es eso?

–Va en monopatín.

–Quieres decir que se desplaza con un monopatín.

–Sí, bueno. No lo usa solo para desplazarse. En realidad, siempre está con él.

La miré sin decir nada. La veía ahí, junto a la mesa, dispuesta a hacerme sentir cómoda pasase lo que pasase. Volví a notar una chispa de rabia.

–¿Duerme con él?

–No.

–Entonces no siempre está con él.

–Me refiero a que es como su filosofía de vida.

–Así que tu novio es uno de esos niños ruidosos con tatuajes.

–Pues mira, ¡tatuajes sí que tiene!

La chica volvió a reír. No se daba cuenta de lo molesta que yo estaba. No se daba cuenta porque solo pensaba en su novio. La vi tan tonta. En ese momento su belleza me resultó espantosa, repugnante. Volví a mirar hacia mi regazo. Está enamorada de un niño pequeño, pensé. Está enamorada de un niño pequeño que la va a golpear con su monopatín a la primera de cambio. No entendía cómo podía estar enamorada de ese niño. No me explicaba por qué una mujer como ella no se daba cuenta de que pasar la vida a su lado no le auguraba nada bueno. Era una ingenua al escoger a ese niño para formar una familia. Al escoger a ese niño para formar otros niños. Niñas no les saldrían, con lo tonto que era él. Con lo niño que era. Un niño que nunca le pediría matrimonio porque se le caería el anillo del bolsillo yendo en monopatín.

–¿Te quieres casar con un niño?

–¿Cómo?

–Ese no va a casarse contigo.

Lo dije y me sorprendí a mí misma. Me sorprendió que esas palabras estúpidas hubieran salido de mí. Pero estaba enfadada y no quise corregirme. Quería decirle muchas cosas, no todas correctas... en ese momento no me importaba en absoluto lo incorrectas que fuesen, quería decirle mucho para herirla aunque fuese un poco.

–De todas formas, yo no quiero casarme.

–Pues qué desperdicio.

Noté que contenía las palabras dentro de la boca. Disimuló su opinión, pero tanto daba. Ya no me importaba lo que pensara la chica. Ya no me importaban su tez morena ni su manto negro ni sus manos suaves. Empecé a experimentar mi propia languidez. Mi vejez, como una hemorragia, me manchaba desde la coronilla hasta los pies. Empecé a frustrarme y yo también me callé.

–¿Olvido?

Esa voz indeleble preguntó. Esa escueta melodía aún resuena algunas noches. No sabía qué respuesta requería, así que seguí muda, a pesar de estar deseosa de hablar. No se lo merece, pensé. No se merece mi interés. Dejaría que recogiese sus cosas y se fuera sin decir más. Y cuando oyera la puerta cerrarse comería un poco. Me merecía todo lo que me apeteciera hoy. Me merecía un muslito de pollo o unas patatas fritas. Pero no hablaría.

–Olvido...

–¿Tienes hambre? ¿Quieres quedarte a comer?

–Olvido, ¿estamos bien?

Le había respondido, qué más necesitaba para saberlo. Ni siquiera quería que se quedase a comer. Ya no quería ni que viniese a limpiar. A limpiar solo podía venir la gente a la que yo dejara entrar por la puerta de mi casa.

–Ya no quiero que vengas a limpiar.

–Espera, ¿cómo?

Me arrepentí muy profundamente.

–Olvídalo. Olvidemos esto.

–¿En qué quedamos?

–Estamos bien.

La chica me miró y noté su incomodidad apenada. Se me pegó esa sensación a la piel y me costó quitármela. Luego retomé mi proposición.

–¿Quieres quedarte a comer?

La joven me miró unos segundos, como intentando descifrarme. Luego dejó reposar su malestar.

–¿Qué cocinarías?

Me resultó raro que no se ofreciera a cocinar ella como otras veces, pero deseché la irritación. En realidad me hacía ilusión cocinar para ella.

–Podemos comprar muslitos de pollo, qué ricos. ¿Te gustan?

–No como pollo, ya lo sabes.

–¿Y qué carne te gusta?

–Todas, pero no como ninguna. No podría.

–Hago un arroz tres delicias entonces. Tengo un poco congelado.

–Lleva jamón york, ¿no?

–Si no te gusta nada, también tengo pienso.

La chica miró el bol en el suelo y se rio, y esa risa me regeneró por dentro como un jarabe.

–Tranquila, mejor nos vemos mañana.

–¿Tampoco te gusta?

–Es que no quiero desaprovechar mi apetito.

–¿Desaprovecharlo?

–Me quiero guardar el hambre para cuando encuentre algo que me guste mucho.

La chica me decía que tenía hambre siempre. Que le encantaba la comida y comer. Pero por lo visto no lo que yo le daba. Siempre con esa forma famélica encima, esa forma de unos cuarenta y cinco kilos, pero luego se ve que comía. Debía de comer mucho y luego lo quemaba rápido, era joven. O quizá yo la viera tan delgada porque cuando estaba en casa no comía nunca. Quizá no engordaba porque yo no la veía comer.

–Entonces ¿no te quedas a comer?

La joven quería decir algo y lo cambió por media sonrisa que no acabé de entender. Luego se explicó mejor.

–Nos vemos mañana, Olvido. Descansa.

–No estoy cansada.

PONE UN HUEVO

Babosa y saltarina, saltarina salta que salta esta rana que soy yo, y como soy yo, croo. Croo y saltarina salto encima de los charquitos del parquet.

Está lloviendo.

Primero he saltado en la cama y del peso he hecho rechinar los muelles oxidados. Ahora salto en el suelo y se me pegan algunos pelos en las patitas. Marañas de pelo mojado en el suelo, en el suelo y charquitos de agua y esta rana babosa y saltarina. Salta esta rana encima del parquet combado, preñado de humedad.

Hace frío.

Salta esta rana y pisa las hojas que van entrando en el saloncito con el viento de la ventana y tropieza esta ranita y se da un golpe en la esquina de la mesa del saloncito y el vértice de madera le roe una pata derecha.

Y de la herida descarnada le empieza a crecer pelo, mucho pelo de la herida. Y el vello se torna denso alrededor del corte, y cuando un pelo ha crecido, crece otro al lado y otro al lado y esta ranita ya tiene medio cuerpo peludo. Se retuerce de dolor esta pequeña saltarina, un dolor baboso que acontece en el saloncito. Y como si se tratara de una infección virulenta, el vello se expande alrededor del cuerpo y lo envuelve todo y al menos ya no hace frío aunque siga siendo de noche.

Este gato en el saloncito tiene sangre en una pata. Tiene sangre en una pata y camina torpemente, pero le da igual. Lo que lo perturba es la desagradable mugre del suelo. Se le pegan en el pelo otros pelos ajenos como el musgo a la piedra. Este gato se sube a una silla y luego a la mesa y desde arriba ve a las hormiguitas corretear apresuradas hacia el pasillo. Malditas hormigas que nunca se van, que siempre han estado aquí. Y este gato, ahora enfadado, decide bajar al suelo, abrir la boca, sacar la lengua y comerse una hormiga y comerse otra hormiga y comerse todas las hormigas del saloncito. Y sigue este gato el caminito de hormigas y cuando llega al principio del pasillo se sienta y mira a través del pasillo y ve la negrura y ve lo estrecho y ve el gotelé, que se mueve por las paredes de madera, porque esta casita es de madera y está en el bosque y es de noche y llueve, plic, plic. Y el pasillo ve a este gato, el pasillo me ve y deja su estado de latencia y se estrecha y se expande y gruñe a este felino con una voz ronca de perro rabioso que descubre su inevitable deterioro.

Y huele acre.

Y del susto este gato se queda quieto quieto, se queda muy quieto como esperando su final, como esperando un golpe, como esperando la vejez en su máxima potencia. Y luego no pasa nada. Y luego este gato habla.

–Miau miau miau, / miau miau miau miau / miau miau.

Y el pasillo vuelve a convulsionar como si el gotelé fuera algún tipo de urticaria y causara picazón, y este gato se asusta mucho y se recoge en sí mismo haciéndose un ovillo. Y se envuelve con la cola y se envuelve con las patas y las estira tanto para envolverse que le empiezan a crecer plumas para abarcar mejor su cuerpo. Y plumas en los brazos y plumas en la barriga y plumas en la cabeza y luego un pico y un cloqueo sordo. Y se incorpora y en vez de cuatro patas ahora tiene dos. El ala derecha manchada de sangre.

Esta gallina en el pasillo cloquea cada vez más alto, y el ruido nasal empuja las paredes del pasillo. Y esta gallina lleva camisón y se adentra clueca en el pasillo y vuelve a hacer frío y el parquet sigue combado. Sigue combado y llega esta gallina al recibidor y muchas hormigas, muchas, muchas hormigas corretean por el recibidor.

Una gallina dentro de una lagartija.

Con la vista sigue esta gallina a las hormigas y aprovecha para picotear todas las posibles, y las hormiguitas, todas ellas, todas las que quedan, se van escondiendo por la rendija del armario empotrado mal cerrado. Y esta gallina se acerca a la rendija y se refleja en el espejo del armario y se mira. Y el ala descarnada y la cara de miedo y las hormigas en el suelo.

Esta gallina en el recibidor quiere abrir el armario empotrado pero no quiere. Y sin pensarlo demasiado lo abre, porque en esta vida la curiosidad solo mata al gato. Y abre la puerta corredera con los ojos apretados para no ver nada porque no quiere ver pero sí quiere. Y esta gallina abre los ojos y ve.

Ve un hormiguero estirado.

Ve un manto de hormigas rápidas.

Ve que todas se dirigen a la boca del hormiguero.

Y entonces la gallina pone un huevo marrón.

BICARBONATO DE SODIO

Cuando me referí a mi madre como una mesa de cristal no pensé que la chica me preguntaría por ella. Pero ahí estaba la joven, de pie delante de mí, con los guantes de látex puestos y puestos sus ojos negros y redondos en los míos. Como bolitas enteras de pimienta, sus ojos. Nunca me has hablado de tu madre, me dijo la chica. ¿Cómo era?

–Ya no me acuerdo de ella.

Eso le contesté yo, pero al ver sus ojos tristes, como encogidos, hechos polvo de repente, polvo de pimienta, tan picante que se le enrojecieron, intenté recordar. Intenté recordar por la chica.

Y recordé mi niñez como un viaje largo, del pueblo a la ciudad. Y mi madre callada siempre, todo el viaje en silencio, toda la vida en silencio. Y recordé la llegada al piso nuevo, que de nuevo no tenía nada, que era más viejo que la casa de donde nos habíamos marchado, más viejo y más sucio y más húmedo. Y el teléfono sonando constantemente. Y recordé no entender por qué habíamos querido marcharnos de una casa cálida y cómoda, donde mi madre no tenía que trabajar –al menos fuera de casa–, una casa mucho más barata, mucho más barata que este piso de mierda. Y yo no quería irme de esa casa, de ese patio seco, de esa salpicadura de árboles a los que les costaba aplacar el calor, yo no quería irme. Yo quería que se fuese mi padre. Y mi padre nunca se fue. Y el teléfono sonando constantemente. Y recordé no entender por qué, si ahora en la ciudad teníamos menos comodidades, debíamos esforzarnos más por tenerlas. Pagar más para vivir peor. Y el teléfono sonando constantemente, porque era mi padre el que llamaba. Y aun así, mi madre callada siempre, aguantando todo el peso de este piso que pesaba tanto, aguantando todo el peso de mi padre que llamaba tanto, y el cuerpo siempre cansado, como tiritando a fuerza de sostener, como si se fuera a romper en cualquier momento si el peso aumentaba, en silencio como una mesa de cristal.

–Como una mesa de cristal, era mi madre.

–¿Por qué dices eso, Olvido?

–Era cocinera, mi madre, y también una pera.

La chica decidió mirarme extrañada, pero acabó cambiando de parecer.

–¡Qué suerte que fuera cocinera!

–¿La tuya sabe cocinar?

–Claro.

–Lo dices como si fuera obvio que una madre supiera cocinar.

–Ay, es verdad. No, y además, mi madre de hecho solo sabe cocinar lo básico. No conoce demasiadas recetas como debía de conocerlas la tuya. Seguro que era una gran cocinera.

Y recordé mi adolescencia como una mesa puesta para una sola persona. Después de vivir una infancia que saltó tanto a la vista, a la vista de mi padre y, después, a la de mi madre, tuve una juventud que no llamó la atención de nadie. Ni a mi madre llamé la atención. Ni a mi padre, que dejó de llamar. Cuando mi madre encontró el trabajo de cocinera en aquel bar –cocinaba muy bien, mi madre; tenía mucha experiencia cocinando para el resto–, ya no tuvo suficiente con cocinar en casa, sino que comenzó a cocinar fuera de ella. Y cuando empezó a cocinar de más en el bar, empezó también a llegar tarde al piso. Tan tarde que me entraba sueño y se me acumulaba la soledad. Y entonces yo cenaba sola tortilla de patatas a medio empezar, cocido recalentado o croquetas de la abuela que no había cocinado ninguna vieja, sino mi madre. Y así es como empecé a hincharme. O tal vez fue simplemente que la edad me hizo crecer, no sé. El caso es que un día, al llegar a casa después de una mala mañana en clase, me crucé con mi madre en la puerta de entrada –ella saliendo para ir a trabajar, yo entrando para pasar sola el resto del día– y se me ocurrió mirarla. Me di cuenta en ese momento de que en mi cuerpo ya empezaba a desvelarse el cuerpo de mi madre. Nunca se me habría ocurrido que esas patas de ciervo recién nacido que yo tenía y esa barriga plana pudiesen haber mutado a una forma de pera que ya nunca desaparecería. Olvi, la belleza exterior dura muy poco, me dijo mi madre una vez cuando me pilló bajándome la camiseta tímidamente para tapar la carne (en aquel entonces me preocupaba tanto gustar a la gente que por eso yo me gustaba tan poco). Es una mentira la belleza, Olvi. Y cuando se descubre esa mentira, lo único que queda es lo que tú eres por dentro. Y eso me hizo llorar, porque yo por dentro no tenía nada bueno. Lo único que tenía yo era miedo y aburrimiento.

–Miedo y aburrimiento. Eso era mi madre.

–Olvido... Seguro que recuerdas algo mejor de ella.

Y recordé mi adultez como una hija que no se va, o como una madre que no quiere que su hija se vaya. Porque el teléfono, como un trauma, sonando de nuevo constantemente. Y sin unos estudios que pudieran apiadarse de mí, tuve que empezar a trabajar. Pero el teléfono sonó tanto durante esos años que no recuerdo nada sobre mi trabajo, que solo lo recuerdo a él. Solo esa imagen estridente, un teléfono negro de baquelita vibrando encima de la mesa del saloncito, una madre que lo descuelga y se lo acerca a la oreja temblando. Unos gritos lejanos que llenaban el auricular hasta tensar el plástico.

–Solo recuerdo que hablaba mucho por teléfono.

–¿Ah, sí? ¿Con quién?

Unos gritos lejanos que impactaban en la oreja de mi madre, que la paralizaban y la parasitaban de cobardía. Tantos gritos que acabaron, poco a poco, por rellenarla de locura. Como una muñeca de trapo, mi madre, llena de demencia, al final.

–¿Con quién hablas tú por teléfono?

–Pues con mi novio, mis amigas, mi familia...

Tenía amigas, la chica. No solo tenía novio, sino que tenía amigas. Tenía amigas y familia. Tenía, a su edad, más de lo que yo había tenido en toda la vida. Y lo decía así, despidiendo esa alegría que apestaba. No como mi madre, que nunca le olía el cuerpo a alegría. El cuerpo nunca. Se sentaba, cada vez que hablaba por teléfono, en el sofá. Junto a uno de los cojines –siempre el mismo–, que acabó manchando un día de café cuando uno de esos gritos tan habituales la obligó a arrancar el teléfono del enchufe, arrojarlo al suelo y con él también la taza de café, que quiso deslizarse de sus manos hasta el sofá. Un teléfono roto que ya no volvió a sonar. Una mancha de café que afeó un cojín. El bicarbonato de sodio es útil para quitar las manchas de café, me dijo ese día mi madre después de haber estropeado el teléfono. Solo me dijo eso, y después humedeció la tela manchada con agua tibia. Vertió una cucharadita de bicarbonato sobre la mancha y frotó. Dejó que el mejunje actuara, pero el mejunje no actuó tan bien como se esperaba. Recuerdo mentirle a mi madre, decirle que no pasaba nada, que el cojín seguía siendo bonito con esos nuevos colores, con esos tonos marrones de más.

–Me dan igual a mí los colorines.

OLVI

Recuerdo que el vestíbulo de la residencia siempre olía a guantes de goma y a crema hidratante. Tan diferente de mi casa. También a orden y a cocina de comidas grupales servidas a la misma hora. No importaba cuándo hiciera la visita, siempre me daba la bienvenida el mismo rebaño de viejas sentadas en sillas de ruedas con sus pelos blancos y rizados. Me miraban intentando reconocerme. Deseándolo. Me sonreían a modo de anzuelo. Ojalá fueras mi hija, seguro que pensaban. Ojalá hubieras venido a visitarme a mí. Y les daba igual quién fuese yo. Solo ansiaban que alguien, cualquiera, les hiciera una visita.

Cuando eres joven todo el mundo está encima de ti, pero de vieja todo el mundo te abandona. A diferencia de los bebés, que se benefician de una especie de protocolo de cuidados –nos aseguramos de tocarlos con las manos limpias, de sostener su cabeza al cogerlos, de que eructen después de comer, de que no pasen frío ni calor–, la gente mayor pierde el derecho al cariño y esmero que parecen ser obligatorios e incuestionables en edades tempranas. Tampoco es que nadie sepa cómo hay que tratar a esas viejas. Nos preocupamos de aprender a lidiar con la juventud, pero nadie nos ha enseñado cómo cuidar la vejez. Ahora pienso en esas viejas y sé que las han dejado solas y a su suerte. Ya ningún ser querido se ocupa de cambiarles los pañales. Ya nadie vigila que la leche no queme demasiado ni les sopla el calor de la sopa. Ya nadie intenta mantenerlas entretenidas, nadie juega con ellas, nadie ríe con ellas. O al menos, ya nadie lo hace gratuitamente. Estas viejas son señoras amortizadas. Ya no le importan a la sociedad. El capitalismo las ha aprovechado tanto como podía. Han quedado obsoletas y el sistema espera paciente a que se apaguen del todo. Los bebés son una inversión; las viejas, un excedente.

Aunque a veces pienso que los cuidados son una excusa para el control. La gente que te quiere siempre se toma muchas libertades, libertades que luego te quitan a ti. Y yo no quiero que nadie, nunca, decida por mí. Si algún día acabo enloqueciendo por completo y se me llena el cuerpo de demencia como a mi madre, no quiero que nadie me encierre allí donde ella estaba. Allí, donde sobran tantas enfermeras y faltan tantas amigas. Allí, donde no tratan a las viejas como a personas sino como a pacientes. Yo quiero seguir viviendo en mi casa. Dejadme vivir en mi casa, dejadme hostiarme contra el suelo tranquila, dejadme cagarme encima tranquila. A la mierda la dignidad. La dignidad es poder decidir. No es menos digno vivir encerrada en estas paredes que en otras.

Una Olvido mucho menos vieja que ahora cruzó impasible la sala hasta el ascensor sin espejo de la residencia y mantuvo la vista en el suelo hasta que se cerraron las puertas. Mi madre nunca estaba allí. En el vestíbulo. Nunca esperaba a nadie. Prefería la intimidad de la habitación, y cuando yo la visitaba, siempre se empeñaba en enseñarme el jardín que habían creado entre todas, tan bonito, vayamos a verlo, que es nuevo y muy bonito. Yo siempre lo encontraba igual.

Las mismas flores marchitas que habían plantado un día de primavera de hacía más de un año, cuando se habían visto obligadas a hacer esa ridiculez de actividad de jardinería, y que no habían vuelto a cuidar.

–Vaya, ¡se han marchitado tan rápido! ¿Te lo puedes creer? ¿Es que aquí no riega nadie?

Eché un vistazo alrededor del jardín y enarqué las cejas en respuesta a mi madre. Cada vez que iba a visitarla intentaba darle una respuesta facial diferente, para variar. El suelo estaba mojado. Quise posar las manos en los hombros de mi madre para acomodarla en la silla, pero me contuve. Ella se sentó lentamente, apoyando sus propias manos en los reposabrazos de plástico con cuidado de no resbalarse.

–¿Tienes frío?

–Frío…

–¿Cómo te va por aquí?

–¿Y mi marido, cuándo vendrá?

Me quedé mirando a mi madre, que ahora tenía la mirada perdida, e intenté digerir la pregunta. El pelo gris estaba comedido en una trenza que descansaba en el respaldo blanco. Luego levanté la vista hacia el jardín. Las manos heladas.

–¿Tu marido? Tu marido ya no es tu marido.

–¿Mi marido?

–Sí, mamá. Y mejor así.

–Mejor así…

–¿O es que no te acuerdas?

La mujer se distrajo con una hormiga que pasaba por delante de la silla. La siguió con la mirada hasta que no pudo girar más la cabeza. El abrigo esos días le iba grande y le caía sobre los hombros como un saco de algodón.

–Me duele la cabeza.

–Siempre te ha dolido. Y él era muy consciente de ello. Muy consciente y muy capullo.

Hacía tiempo que no me importaba decirle esas cosas. La primera vez que le dije que mi padre era un capullo, sentí que me había pasado. Me disculpé vergonzosa ante la mirada reprobadora de mi madre. Pero desde que estaba así de vieja y sus ojos ya no conseguían formular el enfado, me había acostumbrado a hablar mal de mi padre. Soltar improperios por la boca sin consecuencia alguna era narcotizante. Entonces empecé a visitar a mi madre más a menudo.

–¿Muy qué?

–Muy consciente.

–No, lo otro.

–Muy capullo.

–Capullo...

–Sí, tu marido.

–¿Mi marido?

–¿Te acuerdas o no?

–Mi marido.

–Sí, tu marido.

–Mi marido es tu padre, ¿sabes?

–Sí, y yo soy tu hija.

–Pues claro que eres mi hija, Olvi. ¡Cómo me voy a olvidar de eso, con todo lo que yo he pasado!

La mujer rio y empezó a rememorar algunas vivencias. Cuando mi madre me contaba esas cosas, como el día de nuestro parto, me lo contaba con orgullo y divertida. Me lo contaba con las cejas arqueadas, los ojos redondos de tan abiertos y las comisuras de los labios alzadas. Me lo contaba como diciéndome: ¡mira todo lo que he hecho! ¡Yo solita! ¡Sin tu padre! Y detrás de las palabras esa sonrisa de boca abierta, satisfecha. Qué valiente soy, que a pesar de lo mucho que me lo complicaba todo tu padre, conseguí superarlo todo. Casi con soberbia, se alegraba de haber podido solucionar las cosas por sí sola. Sola –pienso– quiere decir sin haberse enfadado ni un solo momentito con él, sin haberle jodido ni siquiera un poquito. Como aceptando que no le quedaba otra, como aceptando que a mi padre, a los padres, no se les puede cambiar. ¡Son así, los hombres! No se puede esperar nada de ellos. No se puede esperar que ayuden en un parto, que empaticen con un embarazo, o siquiera con otra vida que no sea la suya. Si son obstinados, es que son así. Si están ausentes, es que son así. Si son huraños, es que son así. ¡Y así se les tiene que querer! No se puede esperar de ellos que no sean unos brutos e impresentables sin remedio. Como infantilizándolos, como atribuyéndoles carencias, y por tanto, sin pedirles esfuerzo alguno.

Y yo siempre pensaba que quizá no era la mejor forma de abordar ese tema. Que quizá esas cosas que me contaba no deberían contarse con orgullo ni con una sonrisa, concibiendo al marido como un problema más que llevar encima, uno inevitable. Que contarlo como si fueran batallitas graciosas, y no como si fuera el caso de muchas, lo único que conseguía era individualizar su historia, hacerla inaccesible, incuantificable o incomparable con otras. Como si fuera la excepción.

Quizá no pasaría nada por contar con tristeza y desesperación todas esas cosas, siendo conscientes de que aún existen hombres así, aún hay hombres así ahí fuera, y es chocante y asfixiante que nosotras nos veamos todavía en la obligación –o la necesidad– de aguantarlos sin cuestionarlos.

–Lo aguantabas sin cuestionarlo, a mi padre.

–Olvi… tú nunca recuerdas las cosas como son.

Tardé un tiempo en aceptar que mi madre no era perfecta. Al principio de nuestra relación me parecía un ser inaccesible e irrebatible al que quería agradar constantemente. Luego empecé a detectar en ella ciertos errores o contradicciones, que ayudaron a que me sacara de quicio. Un sentimiento que comenzó como una pequeña burbuja de aire y que se fue hinchando dentro de mí y parecía que no pararía nunca. La presión y la tirantez eran tan incómodas que me vi obligada a ponerme en la piel de mi madre a veces para dejar descansar la mía. Intentar entenderla, aunque fuera un poco, aunque siempre hubiera cosas que no consiguiera entender. Lo cierto es que cuando pienso en mi madre me cuesta imaginar que era una persona. Cuando pienso en mi madre imagino que era únicamente mi madre. Pero mi madre, antes de ser madre, era también un individuo que existía antes de mí. Que también nació lubricada de líquido amniótico, que también olvidó sus primeros recuerdos, que también pensó en su madre como ahora yo pienso en ella. Lo único que nos diferenciaba a mi madre y a mí era un marido. Esa es, de hecho, una de las cosas que nunca conseguiré entender. Ese marido. Nunca le he preguntado el porqué y nunca se lo podré preguntar. Hay tantas cosas que ya no puedo preguntarle, tantas cosas que no sé. Soy hija de una desconocida.

—Tú no me conoces.

Después de limpiarnos las suelas en el felpudo de la entrada trasera, acompañaba a mi madre a la habitación. Cruzábamos con una lentitud exasperante un largo pasillo de puertas abiertas, puertas como mirillas de vidas ajenas, cada una insinuando su propia historia cortada entre pared y pared y «pues yo le diría a ese amigo tuyo que»… «¡ya era hora de que me trajeses las»… «nos marchamos ya, pero nos vemos el»… «es posible que mamá no»… y cuando por fin llegábamos a la habitación indicada, entrábamos en silencio y yo cerraba la puerta.

LUEGO SIEMPRE RONCO

Cuando llueve, plic, plic, el piso parece una casita de madera. Una casita pequeña del bosque donde hace frío y se percibe lo húmedo y lo lóbrego. Se cuelan gotas, plic, plic, por todos los sitios posibles. Como si la casa fuera de carne, no, fuera de una piel muy fina, finísima, y como tal tuviera poros y respirara. Respirara viscosamente hacia dentro y hacia fuera. Plic, plic. Una piel muy fina, finísima, que inspirara frío y al espirar nos robara todo nuestro calor, ese calor que hemos logrado acumular con el sol durante el día. El piso, la casita de madera, nos hace arrepentirnos ahora de haber trabajado tan duro en vano.

Una luz, una lámpara. Plic, plic, y luego clic. Ya no hay luz, ya no hay lámpara. Cuando están las luces apagadas parece que aquí no haya habido nada. Y si tocas las paredes de ladrillo de ciudad y te imaginas en el bosque puedes hasta notar la madera sin tratar. Plic, plic, puedes notar las astillas en los pies y el dolor de la esquirla en la carne. Como si la astilla fuera un gusanito recto muy fino, finísimo, y tuviera boca y te mordiera el dedo.

Cuando llueve, plic, plic, y las luces están apagadas, todo se mueve de su sitio. Cuando se evaporan las luces de fuera y se duermen los ruidos y se esconden los olores, cuando se esconden los olores de la calle y se meten en las casas como conejos en madrigueras, cuando eso, plic, plic, es cuando desde el pasillo llega ese olor pestilente. Ese olor a mal olor, olor a pienso que se ha puesto malo. A pienso podrido, a vómito dulce, a queso fuerte, a lagartija sin cola. Llega al saloncito ese olor porque los demás ya se han ido y tiene todo el espacio de la casa para él. Tiene todo el espacio y lo consume y lo maltrata. Plic, plic. En cuanto llega al saloncito, se apoya en todos los rincones, insolente, como un adolescente que se regodeara por no tenerle miedo a la muerte. Se regodea y luego se despega de las paredes y se estira a lo ancho, se acomoda complacido dejando todo el peso muerto hasta que se oye crujir a las maderas del suelo. Hasta los árboles del bosque crujen, esos árboles de hierro sin hojas y con una luz en la punta, esos también crujen. Y todo parece entonces apretado, contenido, sin respiración. Plic, plic. Todo se mantiene atento, y cuando ese olor acre y ardoroso llega a la nariz, toca la nariz con la punta de sus dedos de peste, cuando eso, dice el gato que me tapo con la manta. Me tapo con ayuda de mis brazos de pliegues. Aunque estemos en verano. Más aún en verano, dice. Porque en verano huelen más las cosas. Plic, plic. El calor envalentona el mal olor. Plic, plic. El mal olor valiente y yo cagada de miedo. Plic, plic. Cagada de miedo me tapo hasta arriba, plic, plic, escondo hasta la cabeza y a veces hasta me oigo a mí misma gimotear.

Plic, plic.

Dice el gato que luego siempre ronco.

... Generalmente, los hormigueros comunes se construyen estrechos y con paredes de cristal o plástico transparente para poder ver a las hormigas en su interior. No es el caso de los hormigueros para hormigas de la piel, ya que el material impide la observación y manipulación del interior. En este caso, se requiere cortar transversalmente el hormiguero para su investigación. Aquí pueden ver un modelo de muestra. Pero ¡atención! Al seccionarlo, dicho hormiguero ya no será útil para la colonia, y una vez la hormiga reina de la piel vea incapaz la vida de la colonia en el cuerpo elegido, procederá a su propia muerte y lo mismo pasará con sus obreras.

Es sabido que las hormigas pueden vivir de cuatro a doce años y la hormiga de la piel no es una excepción. Aun así, la hormiga de la piel solo vivirá un máximo de tres meses. ¿Pueden imaginarse por qué? ¡Exacto! El hormiguero de la hormiga de la piel es efímero. A causa de la descomposición de su nido, la hormiga de la piel vivirá entre dos y doce semanas, dependiendo del estado del cuerpo inerte y de la temperatura ambiente...

CONSEJOS PARA INICIAR LA ACTIVIDAD DE COLOREAR

Los días en que a la chica le tocaba traerme la compra, me sentaba a esperarla en la mesa del saloncito con mi libro para colorear. Y un día pintaba un árbol y otro día pintaba una niña y otro día no pintaba nada y solamente miraba lo que ya tenía pintado. Luego llegaba la chica y la casa dejaba de oler a mí y empezaba a oler a naranjas, a pollo crudo, a bolsa de plástico o a perejil. Y cuando la chica se ponía a cocinar, hablábamos y hablábamos y probábamos la comida –o la probaba solo yo cuando en la comida había algo de carne–, y comprobábamos si el arroz estaba hecho o al caldo le faltaba sal.

Pero ese día fue distinto porque la chica se dejó la riñonera en la misma mesa del saloncito donde me pongo a pintar árboles o niñas, y ese día no pinté árboles o niñas, porque encontré dentro de la riñonera un papel, un papel que no era mío, que seguramente había impreso la propia chica y que había guardado allí. Un despiste de papel.

Y leí:

No se debe proponer a la paciente adulta un libro o imagen infantil para colorear ni ofrecer a la paciente materiales de color infantiles como ceras. Los dibujos deben tener una complejidad y un diseño superior. Proponer un dibujo infantil puede desencadenar frustración y rabia.

No todas las ilustraciones serán efectivas para cualquier paciente. Si la paciente no gusta de un tipo de ilustración no debe abandonarse la idea de motivarla a colorear. Simplemente debe intentarse con otro tipo de dibujo.

Se debe procurar que la superficie para colorear no sea muy pequeña, y han de evitarse libros encuadernados con costuras que no permitan colorear con comodidad. Si la paciente debe esforzarse para mantener el libro abierto, eso le generará frustración. Lo mejor es entregarle hojas sueltas o libros argollados.

Se debe generar una atmósfera de complicidad y comunicación. Comenzar a colorear junto a la paciente intentando entablar una conversación referente al tema es una buena forma de empezar. Los temas de conversación pueden ser la belleza de los colores o la descripción de la ilustración.

Y después de leer miré la hoja de papel con todas esas líneas de letras, esos espacios y esas formas a las que no encontraba sentido alguno, y pensé que la chica esa vez me había traído un dibujo muy muy raro.

Luego posé la hoja encima de mi libro para colorear, cogí el verde y luego el rojo y luego el amarillo y luego el azul, los cogí de uno en uno y con ellos empecé a pintar todas esas «oes» y esas «aes» y esas «ges», y antes de terminar de rellenar los huecos, antes de pintar el dibujo entero, llegó la chica y dijo hola y yo dije hola y la casa empezó a oler a naranjas, a pollo crudo, a bolsa de plástico y a perejil.

–Te he traído algo de verdura, que ya no tenías en la nevera.

–¿Y arroz tres delicias?

–Aún tenías el otro día.

–Ya no.

Un suspiro joven acompañado de una sonrisa.

–¿Y por qué no lo vas a comprar tú?

La chica puso los brazos en jarra, divertida y desafiante. Intenté cambiar de tema con otra broma.

–¡Me vas a matar de hambre!

Al terminar de cocinar, la joven sirvió en un plato un poco de pollo a la naranja. Se acercó sosteniéndolo con la mano derecha y apartó su riñonera para hacer espacio al plato en la mesa. Una riñonera que encontró abierta. Luego, sin yo mirar a la chica, noté los ojos jóvenes encima de mí.

–Olvido… ¿has fisgado en mi riñonera?

Un escalofrío me recorrió la espina dorsal hasta la cabeza, y cuando llegó allí, se convirtió en un sudor frío que me mareó. No me atrevía a mirar a la chica.

–Pensaba que era mía.

Soy estúpida. Estúpida. Llené el silencio repitiendo en mi cabeza esa palabra.

–¿Seguro?

–Está en mi casa. Pensaba que era mía.

Se lo solté violentamente, como si tuviera derecho a estar enfadada. Quizá lo tenía. La chica debió de ver entonces el dibujo de letras que yo acababa de pintar y lanzó su brazo en esa dirección.

Agarró el papel, y yo, instintivamente, aún no sé por qué, también lo agarré. Nos vimos comprometidas en un tira y afloja incómodo, de esos de los que se desconoce el final.

–¡Olvido! ¿Por qué has hecho esto? ¿Por qué lo has garabateado?

La chica tiró del papel.

–¡Pensé que era un dibujo para que yo lo coloreara!

Le devolví el tirón a la chica. Mi voz humillada se asemejaba a la de una niña pequeña.

–Olvido... Este documento no era para ti.

Dejé de tirar.

–Para quién. ¿Para quién era?

La chica, mientras recogía con ambas manos el papel y lo plegaba, mientras recogía mi dibujo, una obra en la que había estado trabajando quizá dos horas enteras, mientras eso, empezó a contarme que no solo me cuidaba a mí. Cuidaba a otras mujeres, la muy hipócrita. Me dijo que los días que no estaba conmigo, los días que no venía a mi casa, iba a casa de otras. De otras. Les hacía la comida a otras, les llevaba libros para colorear a otras, limpiaba las casas de otras.

–Así que a eso te dedicas cuando no estás aquí.

Nunca me había sentido como me sentí ese día. Una indignación que me pesaba en el pecho se convirtió en rabia, y luego esta en asco y este en disgusto y este en desconsuelo y este en una vergüenza más grande que mi cuerpo. Vergüenza por haber pensado que yo era única para la chica. Por haber pensado que era *alguien* para ella. Por haberme dejado engañar. Por haberme dejado engañar por una niña tonta que no tenía suficiente con nada. Supongo que lo que sentía eran celos.

Celos porque la chica no solamente trabajaba para mí, claro.

PIENSO DE POLLO PARA GATOS DE INTERIOR

Se me caen de la boca. De la boca se me caen porque están duros y son pequeños y cuesta morderlos. Dicen ser de pollo, pero con esto no me relamo. Yo me relamo con el pollo, el sabor de la pulpa rosada, cuando noto las venitas de la carne blanda en las encías y cuando arranco un trozo. Un trozo arranco y lo saboreo, y la saliva, y me lo trago y no se me cae de la boca porque es tierno y me relamo. Me relamo y me relamí con ese trozo tierno, con ese muslito de pollo que me comí y me relamí y me relamí y me relamí con el muslito de pollo. Con el muslito mimoso me relamí y me relamo ahora de pensarlo. Me relamo, pero no me relamo con estos, que saben a cartón. Estos trocitos oscuros que saben a cartón y se me caen de la boca. Se me caen de la boca estos trocitos como caquitas de cabra, y del mismo color son, y suerte que no huelen igual, suerte que huelen a otra cosa. No huelen a cartón. No huelen ni a pollo ni a cartón. No sé a qué huelen. En el saco leo: «Pienso de pollo para gatos de interior». Para gatos de interior. Eso es lo que soy. De interior. La comida de gatos de interior es una porquería que sabe a cartón. Si todos los gatos domesticados comen esto, no puede ser que quieran seguir siendo gatos de interior. Para gatos de interior. Así nos llaman, igual que así llaman a algunas plantas y a algunos muebles. Como un mueble, como un mueble soy. Como una silla. Soy una silla de madera que come cartón.

SÍ / NO

Sus besos siempre sabían a tubo de escape y a pipas con sal. Aun así, el primo de mi compañera de mesa en clase, un chico igual de rubio y extrovertido que ella, no besaba del todo mal. Yo nunca le llamé por su nombre porque siempre le llamaba zángano. Zánganos es como llamaba mi madre a los hombres, incluso a mi padre. No por holgazanes sino por cómo siempre rondan a las mujeres para conseguir lo único que les importa. A mí no me gustaba besarme con ese zángano de veintitrés años, pero yo tenía ya diecisiete y todas mis compañeras de clase habían estado con chicos menos yo. Ya habían probado a los zánganos, ya les habían chupado el cuerpo y se atrevían a nombrar palabras que yo aún desconocía. Por eso mi amiga me pasó esa nota por debajo de la mesa, esa nota que abrí con cierto nerviosismo y que luego, al leerla, el nerviosismo se convirtió en desilusión.

Yo tengo un primo que no está mal
y que le gusta besarse con chicas.
¿Quieres?
Sí / No

Cuando me agarró los pechos por primera vez lo hizo de pie, frente a mí y a su prima en casa de ella. Nos dimos un beso en cada mejilla y luego simplemente alzó las manos a la altura de mis pechos y los estrujó con fuerza. Yo no supe qué hacer, así que intenté fingir seguridad y serenidad. Como si no me hubiese importado lo más mínimo. Él se rio y mi amiga le riñó, y acto seguido ella continuó contándonos algo que ya no recuerdo. Luego mi amiga se despidió, se fue a su habitación y yo sentí que me había abandonado.

En esa y en todas las demás veces pasó exactamente lo mismo. El zángano me quitaba la camiseta y yo no decía nada. Los pechos tocados, manoseados, pellizcados, lamidos, babados. Y después de la baba, una sensación extraña de grasa. Como si la combinación del tabaco que fumaba y las pipas que comía dejaran en mi cuerpo una capa grasienta que no se evaporaba. Luego la mano bajando hacia abajo, bajo el ombligo y bajo la falda, bajo las bragas. Y esa sensación grasienta por todo el cuerpo. Por la barriga, por la vulva, por la cabeza y hasta dentro de ella. Toda yo engrasada. Toda yo engrasada por fuera y por dentro. El joven zángano me agarraba el cuerpo por la cintura como si fuera un saco de patatas, qué ricas las patatas, los pechos dos patatas, el culo dos patatas, los hombros dos patatas, las manos dos patatas. El joven zángano arrastrando el saco de patatas por el sofá, acercándolo a él sin miramientos. Abriendo el saco de patatas por abajo, rompiendo la tela, bajándose los pantalones. Y la grasa cada vez más pesada en el cuerpo, la grasa en las orejas, la grasa en los párpados y la grasa en la boca y en la garganta y en las corvas y en los sobacos. Y el zángano tocando con su pelvis el saco de patatas y el saco de patatas con una sensación tan extraña. Tan extraña como de vomitar. Como de morirse, incluso. Una sensación como un recuerdo. Un recuerdo de otro zángano. De otro zángano, de otras manos de zángano, manos de grasa de grasa las manos, de otros dedos de zángano, de otro cuerpo de zángano. Todo el saco de patatas engrasado y todo el saco de patatas que se aparta, y todo el saco de patatas que se excusa, y todo el saco de patatas que se disculpa, y todo el saco de patatas que coge su mochila y se va de esa casa.

En esa y en todas las demás veces pasó exactamente lo mismo. El primo de mi amiga era paciente, pero de un día para otro, y sin saber muy bien por qué, mi compañera de mesa en clase me dejó de hablar y ya no pude besarme más con el zángano.

Sus besos sabían a hierbabuena o a limón. Creo que lo conocí en el trabajo. O quizá en el supermercado de camino al trabajo. Vestía siempre con camisa y corbata, aunque fuese domingo. Le gustaba ir peinado con algo de gomina. Le gustaba sorprenderme con detalles, aunque como los detalles siempre eran bombones, ya no me sorprendían. Le gustaba echarse espray bucal a cada rato. Un zángano cuarentón limpio y ordenado que consiguió que yo confundiera la amabilidad con el amor. La primera vez que nos cogimos de la mano paseamos durante horas por el parque. Luego, cuando ambas manos se separaron, me percaté de que me había dejado una sensación de grasa en la palma.

A veces me caía bien y a veces lo detestaba. Aborrecía sus muestras de cariño, pero luego, cuando llevaba días sin verlo, las buscaba. No recuerdo cuándo accedí a subir a su apartamento, pero cuando lo hice, ya no dejé de hacerlo hasta que él se cansó.

El zángano puso una toalla encima de la cama hecha y le dio dulces sacudidas con la mano para ahuyentar las arrugas. Me empezó a besar la frente y luego las mejillas. Me dio un beso corto en la boca y luego yo le di uno largo. Después se sacó del bolsillo el espray bucal y se lo echó. Limón. Me senté en la cama y me hizo levantarme. Señaló la toalla y me acompañó con la mano a sentarme encima de ella. Él se sentó al lado. La habitación olía a lavanda y rápidamente detecté el ambientador, encima de la cómoda. Su ropa, me dijo, la llevaba a lavar, secar y planchar a la lavandería dos calles más abajo. También iba una señora a barrerle y fregarle la casa. Un par de días antes de esa noche me había preguntado si yo sabía hacerlo, si yo sabía limpiar. ¿Sabes cocinar también? Claro, algo sé, le respondí. Me dijo bien, bien.

Pasamos un rato así, yo sentada encima de la toalla, él sentado encima de la toalla, acariciándolo, acariciándome. Luego me agarró la mano y la puso encima de un bulto en sus pantalones. A pesar del limón y la lavanda, yo no dejaba de sentirme cada vez más grasienta. Me sonrió. Me dijo eres estupenda, perfecta. Le sonreí. Marcó la forma de mi torso con las manos, acariciándome desde las costillas hasta la cadera. Y tratándome como a un jarrón de porcelana, acompañó suave y con mucha delicadeza mi cuerpo hacia el centro de la cama. Con cuidado de que la toalla estuviera debajo siempre. Y entonces el zángano se puso encima del jarrón de porcelana. Y entonces el zángano no se lo pensó dos veces y se bajó los pantalones, dejando ver, con orgullo, lo que el jarrón de porcelana había creado con tan solo un par de besos. Y el zángano, con mucho muchísimo cuidado y precisión, bajó lentamente los pantalones del jarrón de porcelana hasta los tobillos, dejando dos piernas de porcelana llenas de grasa a su paso. Y el zángano, arrodillado encima del jarrón, se estiró y sostuvo con la mano lo que había sido creación del jarrón. Y quiso acercarse a la base del jarrón, acercarse mucho, y el calor que desprendía el zángano se convertía en grasa. El jarrón todo engrasado, el pelo del jarrón aceitoso, los pechos del jarrón pringosos, todo el cuerpo de porcelana del jarrón untado de un aceite grasiento nauseabundo. Y entonces el jarrón tuvo otra vez una sensación. Una sensación extraña que ya había tenido antes. Tan extraña como de vomitar. Como de morirse, incluso. Una sensación como un recuerdo. Un recuerdo de otro zángano. De otro zángano, de otras manos de zángano, manos de grasa de grasa las manos, de otros dedos de zángano, de otro cuerpo de zángano. Todo el jarrón de porcelana engrasado y todo el jarrón que aparta con sus manos de porcelana al zángano, y todo el jarrón de porcelana que se excusa, y todo el jarrón de porcelana que se disculpa, y todo el jarrón de porcelana que le dice no puedo. Y el zángano extrañado se queda quieto un segundo. Y el zángano sorprendido le dice no te preocupes. Le dice hay otras formas de hacerlo. Y el zángano cuarentón limpio y ordenado y amable se movió con dificultad por la cama hacia la boca del jarrón y esperó. Y como el jarrón de porcelana no dijo nada, no dijo nada porque no podía, no dijo nada porque no sabía hablar porque los jarrones de porcelana no saben hablar, como eso, el zángano llenó la boca del jarrón de líquido. De líquido, de aceite, de pringue, de grasa. Y el jarrón de porcelana se llenó.

El jarrón de porcelana lleno que se va a su casa, el jarrón de porcelana lleno que saluda a su madre, el jarrón de porcelana lleno que entra en la ducha y el jarrón de porcelana lleno que se vacía.

El jarrón de porcelana vacío que vuelve a verse con el zángano. Vuelve a verse muchas otras veces más, todas muy parecidas. Se cogen de la mano, pasean, comen bombones, ponen una toalla limpia encima de la cama. A veces se caen bien y otras se detestan, hablan insulsamente y con amabilidad. Luego el zángano llena la boca del jarrón de porcelana y este siempre se va a casa a vaciarse, nunca se queda a dormir. Vuelven a verse muchas otras veces más, todas muy parecidas, hasta que el zángano se cansa. Quiero algo más, dice, mientras se echa spray bucal de hierbabuena. No puedo, dice el jarrón. Y entonces el zángano cuarentón limpio y ordenado y amable se mosquea. Se enfada, incluso. Insulta al jarrón, incluso.

Un par de palabras aladas que vuelan hacia el jarrón y se acaban metiendo también dentro de él y se mueren allí y se pudren y el jarrón de porcelana y el zángano ya no vuelven a verse nunca más.

PELOS EN LA DUCHA

La humedad se apropiaba de todas las cosas y las transformaba a su antojo. Al papel de váter lo ablandaba y a las paredes las hacía sudar. En el aire flotaba un aroma dulzón a almendra y a nuez de macadamia. El vapor se había pegado al espejo, emborronándolo. Si me hubiera mirado en él no habría notado las arrugas. Me habría reflejado plana y plena. Como nueva, casi sin estrenar.

–Triste el espejo. / La melena se funde, / de negro a blanco.

Los escasos mechones me babeaban el cuello, pero aquella réplica de lluvia hacía que pasaran casi desapercibidos. El agua resbalaba por mi cuerpo, perfilando con detenimiento los bultos y los recovecos. El jabón ya había limpiado mi piel cuando resbalé. Al menos mi cuerpo se había dignado esperar a que me despojara de esa ridícula indumentaria de espuma cuando decidió ceder y arrojarme al suelo. No sin antes hostiarme en la pared con la columna vertebral y golpearme en el plato de ducha con el coxis.

Una voz joven y expectante me preguntó desde el otro lado de la puerta del baño si estaba bien. No contesté. Primero debía asegurarme de estar presentable, supervisar que no quedaran resquicios de burbujas ni alguna sorpresa hecha sangre.

–Olvido, ¿me oyes?

–No te preocupes.

Me sentía mareada. No estaba segura de si mi respuesta había sonado solo en mi mente, así que me esforcé para que la segunda vez fuera evidente.

–¡No te preocupes!

–¿Estás bien?

Piernas bien. Culo bien. Estómago bien. Brazos bien. Cabeza bien. Solo un dolor crepitante en las partes golpeadas. Se pasará con el tiempo, como todo, le acabé diciendo a la chica. No oí bien lo que me respondió ella, así que no hablé más.

–Olvido, voy a entrar, ¿vale?

Esas intenciones me despejaron. No entres, pensé. No entres, que me verás desnuda. Quería decirlo en voz alta. No entres, que no estoy arreglada. No estoy presentable, no entres. Pero las palabras solo se mantenían en mi mente un segundo y explotaban como pompas de jabón. No quería que me viera así, aseada pero desaseada. Aun así, dentro de mí notaba un despunte de ilusión, como si hiciera mucho tiempo que no veía a la chica y la echara de menos. Era una sensación vaga y extraña, un tanto ilógica puesto que no había pasado más de media hora desde que había entrado en el baño, cuando la chica me recomendó darme una ducha relajante. Lo de relajante lo había dicho ella cuando yo le respondí que no me apetecía ducharme. Vamos, tómatelo como una ducha relajante, me dijo. Y accedí porque no quería seguir con el tema. Y mira qué bien, una hostia que me llevé.

–Olvido, entro.

–¡Que no!

Me quedé muy quieta. La chica entraría y me vería desnuda y gorda. Me quedé muy muy quieta. Tan quieta que me amalgamé con el plato de ducha, me fundí con la resina y los minerales. Una mezcla de cuarzo, silicio, poliéster y piel. Me tensé para adaptarme a los duros materiales y noté cómo una capa exterior de esmalte blanco tapaba mis poros. Me convertí en el suelo de la ducha, plana y plena. Pensé: Así, cuando entre, no me verá.

El pomo giró. La puerta se abrió, delante de mí, a mi izquierda. De la puerta surgió la joven y vi que hacía esfuerzos para entrar en el baño, reduciendo y acortando sus gestos. Apretujada, maniobró para cerrar la puerta de nuevo. Es pequeño mi baño. Yo cerré muy fuerte los ojos. Los escondí: supuse que eran lo único que la resina y los minerales no habían alcanzado. Los cerré y esperé. La chica vería que no estaba, cerraría el grifo y se iría del baño. Extrañada, optaría por seguir limpiando el saloncito. Un tiempo después, cuando yo saliera del mismo baño donde ella no me había encontrado y se sorprendiera por ello, le diría burlona que no había buscado bien. Nos reiríamos y yo me sentaría a mirar cómo sus dos manos agarraban la fregona.

Eso no fue lo que pasó. Me vio.

–Ay, Olvido... Deja que te ayude a levantarte.

–¿Cómo me has visto?

Me apresuré a preguntarle algo obvio mientras tapaba con ademán enredado mis pechos y mi vulva. Mis brazos, como torpes resortes, buscaron mis partes más vulnerables. Me sentía ridícula. Empecé a notar otra vez la humedad de la habitación, el agua cayendo en mi coronilla, las babas de mis mechones en el cuello. Dejé de ser un plato de ducha, volvía a ser una vieja.

–Anda, levántate.

–¡No! No me mires.

–Vamos, Olvido, poco a poco.

–Gírate, ¡no me mires!

–¿Qué te pasa?

–Que no quiero que me veas desnuda, eso es lo que me pasa.

–¡Como si fuera la primera vez!

–¿No lo es?

Silencio. Mejillas sonrojadas, de un rosado que ya era habitual en la chica. Parecía que ese fuera su estado natural, la cara roja y el resto del cuerpo moreno.

–Venga, a levantarse y a secarse.

–¡Estás como un tomate, niña!

La joven abrió el grifo otra vez y otra vez abrió la boca.

–Espera, tienes un poco de acondicionador en el pelo.

–Está fría el agua.

–¡Fría! Yo diría que está más bien ardiendo.

Estaba fría.

–¿Mejor así?

–Sí.

–Gírate un poco hacia aquí.

–Ahora está perfecta, sí.

–Aclaramos un poco más y… ya está.

Cerró el grifo de nuevo, retrocedió un poco y alcanzó una toalla blanca que contrastaba con su piel caramelo. Pensé que me gustaría ver desnuda a la chica. Me sorprendió haber pensado eso, y al momento me expliqué a mí misma que era por la curiosidad de ver una piel como la suya en su totalidad. Nunca había visto una piel como la suya de cuerpo entero. La barriga, los pies, los muslos, la espalda. Partes que podrían ser más claras, partes que podrían estar libres del efecto del sol y yo sin saberlo.

–Ven.

La chica me envolvió con la toalla y me apretó delicadamente los brazos para absorber el agua. Vi que su mirada se perdía por un momento en el desagüe de la ducha y giré la cabeza para mirar. Una maraña mojada de pelo canoso había atorado el flujo de agua.

–Se me cae mucho el pelo.

–No te preocupes, luego lo recojo.

–Ya casi no tengo, si te fijas.

–Estás guapa igual.

–¿Quién ha dicho que no lo esté?

–Me he expresado mal.

Silencio. Bajé la vista a mis manos. La roña de las uñas había desaparecido y estas habían recuperado el rosado.

–Tenía las uñas negrísimas.

La chica seguía friccionándome con la toalla.

–Claro, como desde que vienes tú no friego los platos…

Risitas, fricción y silencio. También su pelo oscuro. Su pelo oscuro siguiendo el ritmo de sus brazos.

–Pero el tuyo es precioso, por ejemplo.

Se lo señalé con la barbilla.

–A mí también se me cae, no te pienses.

–No es lo mismo.

Secos los hombros, el cuello, la espalda. A pesar de sus brazos finos, frotaba eficientemente, como si tuviera experiencia en ello. Pensé que la joven era tan enjuta que parecía casi translúcida. Como una hoja cuando la miras a través de la luz. En cambio yo era más bien como un tronco. Un tronco arrugado y reblandecido.

–Tengo la piel reblandecida.

–Es normal, has estado mucho rato debajo del agua.

–No me refiero a eso. Mira estos colgajos.

–Yo te veo estupenda.

–Tú sí que estás estupenda.

De nuevo esa rojez, esta vez acompañada de una sonrisa tímida.

–No creas… Cada una tiene lo que tiene, pero eso solo lo nota una misma.

La chica tenía una concepción de su belleza algo desteñida. Probablemente aún se sustentaba en la idea que le habían impuesto de pequeña, esa idea de la belleza que es como un veneno. Es algo que les pasa a todas, van ingiriéndolo poco a poco y sin saberlo y al final no les acaba sentando nada bien.

A mí eso no me pasó. Eso de la idea venenosa y la belleza. Nadie nunca me dijo que era guapa, así que sencillamente no me alimenté de una idea que nunca me había dado de comer. Soy consciente de que soy fea y no le doy más vueltas. Lo que me pilló por sorpresa fue lo de ser vieja.

–Envejecer es como estar enferma.

–¿Qué?

–La vejez es como un catarro. Un día empiezas a estornudar y no sabes bien cómo has podido cogerlo.

–No digas eso, Olvido.

–Alguien que está sana no puede saber lo que siente una enferma, por eso tú aún no piensas así.

La chica se agachó junto con la toalla y empezó a secar mis piernas. Lo hacía con un cuidado y una delicadeza de algodón. Su melena arrugada rozaba mis rodillas.

–Yo creo que piensas así porque la vejez femenina no existe.

–¿No existe?

–O sea, sí que existe, pero no está representada. O está mal representada.

Me frotaba melindrosa hasta que llegó a mi entrepierna. Me tensé, pero como ella siguió sin percatarse asumí que no era la primera vez que lo hacía. La dejé hacer, tan prolija que daba gusto. Me pasó la toalla por la vulva. Noté el calor de su mano entre la toalla. Creí sentir algo parecido al placer. No sabía bien qué era, pero quería que siguiera.

–Sigue.

–La sociedad nos ha acostumbrado a la belleza del hombre adulto. A sus arrugas y sus bolsas en los ojos. Pero se ha olvidado de la belleza de la mujer mayor.

–Sigue.

–Bueno, se ha olvidado o la ha obviado adrede. Porque el negocio que ha creado con nosotras… En fin, no sé.

–Sigue.

–Pues que mientras nosotras nos dejamos el sueldo en cremas, a ellos no les hace falta porque no vemos sus arrugas tan feas como las nuestras, ¿sabes?

La chica bajó la toalla hasta mis pies y los secó tranquilamente. Luego se levantó como si nada. Yo seguía sintiendo un calor en la entrepierna. Un calor que la chica había dejado ahí, sin pensar, y ahora viajaba lentamente hacia mi vagina y se expandía dentro de mí. Me sentía llena de algo que me gustaba. A pesar de notar la gravedad en mis huesos roídos y la piel que me envolvía la carne y el músculo caído, a pesar de mi peso, me sentía ligera. Ese momento me hacía feliz. Ya a mi altura, la joven me sonrió.

–¡Impoluta!

No mucho más tarde, en el saloncito, la chica me preguntó innecesariamente cautelosa por qué nunca quería ducharme.

–Sí que me ducho. A veces me limpio con la lengua.

Se lo enseñé divertida, lamiendo el dorso de mi mano como el gato. Ella ladeó la cabeza, sonrió y entornó los ojos pidiendo una explicación más creíble.

–Son dos formas de arrugar la piel. El tiempo y ducharse. Y ya que no puedo evitar el tiempo, al menos evito el agua.

UN SUEÑO

He soñado algo. Pero ya no lo recuerdo.

LA DUDA DE LA SALIVA

El té cayó dentro y tomó la forma interna de la taza. Fue transportado por esta y esta por las manos de la chica hasta la mesa. La joven posó la taza llena de líquido caliente con mucha firmeza, con cierta violencia, diría yo. Desde que había entrado por la puerta ese día la había notado de una tristeza irritada. Fue instantáneo: entró y saludó, y al saludar, la energía del piso cambió por completo. Como un interruptor –su voz– que al pulsarse hubiera encendido una suerte de luz molesta. Primero creí que estaba enfadada conmigo, por eso de los silencios y las cejas, apretujadas tan hacia el centro de su mirada que no se distinguían entre sí. Pero luego, al hablarme, se mostró mansa y dulce. De modo que el problema no era yo. Aun así, no podía obviar que ese día estaba cruzada y eso entorpecía sus labores, lo que me hacía recordar al gato.

Por ejemplo, al servir ese mismo té que unos segundos antes tenía entre sus manos. Al inclinarse sobre la taza para llenarla, el pelo oscuro y curioso quiso acercarse también al recipiente y unos mechones se colaron dentro a la vez que el líquido. En cuanto se percató, la chica apartó de golpe el pelo y este salpicó la encimera y el parquet. Yo lo había visto todo y la joven me había visto viéndolo, así que me pidió perdón.

–Voy a hacer otra taza y esta me la bebo yo, ¿vale?

–No importa. Pero sí, vale, tómatela y así descansas.

La chica se agachó para limpiar el suelo y se sopló de la frente algunos pelos molestos.

–¿Va todo bien?

–Sí, sí. Es solo que ya tengo el pelo demasiado largo.

Esa respuesta no me gustó demasiado. Primero, porque había eludido mi pregunta con una respuesta inútil. Segundo, porque nunca el pelo es demasiado largo. Pensé en el gato y en su cola y me lo imaginé rapado o sin cola y esa imagen me pareció ridícula.

–No se puede ir por ahí sin cola.

La chica me miró y enrojeció.

–¿Quieres que me lo ate, mejor?

Un pinchazo de nervios en el pecho hizo que me negara apresuradamente. Que la joven atara su pelo y no lo dejara libre, aquel manto salvaje y denso y alborotado, me resultaba una profanación.

Otro instante de torpeza ese día, un par de horas más tarde. Yo estaba sentada a la mesa del saloncito, pintando en mi libro para colorear. La chica había estado quitándole el polvo, de puntillas, al cuadro de los girasoles –me encantaba que cuidara tanto de ese cuadro que yo había pintado, porque sentía que cuando lo hacía también me cuidaba a mí–, y cuando se echó para atrás, muy cerca de mí, con una de sus patosas piernas me pisó. En realidad, pisó el camisón, que colgaba de la silla hasta el suelo. Pero al pisarlo, me dolió. No sé cómo, pero me dolió. Igual que le duele al gato la cola cuando yo se la piso, igual, igual que le duele al gato la cola. Tan parecido fue el dolor, que me aturdió y de primeras creí que la chica se la había pisado a él. Una mezcla de miedo y odio me enajenó. Miedo porque la chica no debía saber de la existencia del gato. Odio porque la chica no debía joder la existencia del gato. Y de él salió un maullido tan agudo como el llanto de un bebé. Un maullido tan fuerte que asustó a la chica y rápida levantó el pie de encima del camisón.

–¡¿Qué pasa?!

–¡Joder, niña, cuidado!

La chica buscó con la mirada debajo de la mesa la explicación.

–Pero ¿te he pisado?

Ese fue el momento en que me di cuenta de que la joven no había pisado al gato. No lo había pisado ni a él ni a mí. Primero llegó la incomprensión. Luego, la vergüenza. Al final, el ingenio.

–No, mujer. Pero lo has ensuciado.

Señalé el trozo de camisón pisado y la chica siguió mi mano con los ojos. Se recogió unos mechones detrás de la oreja derecha. Yo era consciente de que pensaba que mi reacción había sido desmesurada, pero no dijo nada al respecto. De nuevo, esas mejillas rosadas.

–Ah, perdona.

–¿Qué coño te pasa hoy?

Mi tono agravó la rojez de su cara. Nos aguantamos unos segundos la mirada, hasta que sus ojos empezaron a humedecerse. Era el momento de hablar.

–Anda, para un poco y así charlamos.

Le ofrecí la silla a mi izquierda y, después de vacilar, acabó por sentarse.

–¿Qué te pasa?

Unos instantes vergonzosos dieron paso a su voz.

–No, nada, que hoy no tengo un buen día.

–Eso ya lo veo.

Agarré la tela de mi camisón y se la mostré a modo de explicación. Nos sonreímos.

–Pues que me he peleado con mi novio.

No voy a fingir que eso no me hiciera ilusión. Para contenerme, bajé la vista a la página abierta de mi libro para colorear. Últimamente la joven no dejaba de hablar con él por teléfono. En mi casa, hablaban. Y justo antes de salir por la puerta de mi casa, también. Ya llevaba días fijándome en que, cuando la chica hablaba con él, usaba un tono distinto al que usaba conmigo. Usaba otras palabras, otros gestos. Yo no le había dicho nada al respecto porque lo hacía mientras yo estaba en la ducha o mientras mi cabeza descansaba encima de la mesa del saloncito. Pero supongo que, después de lo sucedido, ya no haría falta decirle nada. Recuperé el lápiz amarillo y, antes de empezar a pintar, señalé con la cabeza los lápices de colores que estaban desparramados delante de la chica.

–Escoge color.

La chica me miró primero a mí y luego observó los lápices con indiferencia.

–No sé, Olvido. El que tú quieras.

–Me dan igual a mí los colorines.

Volvió a mirarme y luego volvió la mirada a los lápices, con menos indiferencia que antes.

–El morado.

–Pues cógelo y ayúdame a pintar este coche.

Seguí pintando mientras fingía naturalidad, esperando nerviosa a que la chica diera el paso. Cogió el lápiz con cierta pereza, acercó su silla a la mía y empezó a ayudarme a pintar un coche morado y amarillo.

–¿Por qué os habéis peleado?

El sonido de las minas de colores rozando el papel me relajaba. Y parecía que a la chica también.

–Lo típico.

Asentí fingiendo una madurez sobre el tema de la que carecía. Desconocía qué era *lo típico* en esos casos, pero improvisé.

–¿Y acabó muy mal?

–Acabó de un portazo. Hace ya tres días.

¿Hacía más de tres días que yo no veía a la chica? Siempre tenía la sensación de verla cada día y esa respuesta consiguió entristecerme un poco. Ojalá la viera cada día, a la chica. Ojalá que ese portazo fuera el final de su relación. Un final áspero e infinito. Me ilusioné.

–¿Será un final áspero e infinito?

La chica levantó la mirada del libro para colorear.

–¿Qué? Espero que no.

Que lo tuviera tan claro volvió a entristecerme. Y esa tristeza degeneró en malicia. Tiempo al tiempo, pensé.

–Pásame el verde, por favor.

La chica me acercó el lápiz de color, y automáticamente, también ella cambió el suyo por uno rojo.

–Creo que voy a llamarle hoy para arreglarlo.

Ese comentario me pareció tan violento que hasta sentí que estaba fuera de lugar. Temí que ese momento íntimo entre nosotras sirviera para propiciar una mejora en su vana relación, y no para mejorar la nuestra. Intenté cambiar de tema para que olvidara lo que acababa de proponerse.

–¿De qué color quieres pintar el pelo de la conductora?

La chica estaba absorta en sus pensamientos y no respondió. Me enfadé un poco. Cómo se atrevía a perder el tiempo de esa forma, pensando en su chico, en ese idiota que la había tratado tan mal.

–Oye, deja de perder el tiempo.

–¿Mmm?

–Que no sirve de nada pensar en eso ahora.

Silencio.

–¿De qué color quieres pintar el pelo de la conductora?

Otro silencio. La chica acabó por decidirse.

–¿Negro?

Negro, como el suyo. Tan bonito, su pelo, que no podía mosquearme con ella. Buena idea, como el tuyo, respondí. Como el suyo, precioso y denso y oscuro. Como el suyo, mi favorito.

–Mi parte favorita de ti es tu pelo.

Al oírlas salir de mi boca, mis palabras se volvieron bochornosas y me acaloraron. Pero la sonrisa de la chica fue un abanico.

–¿En serio? No es especialmente bonito.

–Yo nunca he tenido el pelo así. Pásame el marrón.

La chica buscó entre los lápices y me pasó el de color marrón. Ella siguió con el negro.

–Yo siempre lo he llevado a media altura, rizado pero como apagado.

–Es bonito así también.

La joven cambió el color negro por el naranja y empezó a pintar una rueda. Yo aproveché para mirarle el pelo unos instantes, imaginándome que lo tocaba.

–¿Me… dejarías tocarlo?

La chica me miró y respondió junto a una sonrisa.

–¡Claro, Olvido!

Una alegría pronunciada me obligó a arquear las cejas. No lo pensé dos veces y alcé la mano izquierda en dirección a un mechón. Al principio me contuve, simulando una caricia en el aire, casi tocando su pelo, tan cerca de mi mano su pelo, casi tocándolo. Pero al cabo de unos segundos empezó a temblarme la mano y ella sola, sin mi permiso, tiró del mechón con suavidad. Mis dedos empezaron a jugar con los pelos, friccionándolos entre ellos.

–Precioso. Es precioso tu pelo.

Acerqué mi cara a la de la joven para observar de cerca ese animal encrespado y salvaje. Parecía estar vivo, parecía sentir. Luego aparté los dedos de su pelo y le acaricié lentamente la cabeza, desde la coronilla hasta la altura del mentón. Y la mano decidió parar allí, descansar apoyada en la nuca de la chica. Noté el cuello de la chica firme y joven. Noté sus ojos enormes encima de los míos. En ese momento en mi cabeza cabía tan solo un pensamiento. Uno que no sé aún cómo explicar.

Sentía unas irracionales ganas de besarla. De besar a la chica. De morderle el labio inferior, de lamerle la lengua, de besarla, de besarla, de besarla, de probar su saliva. ¿A qué sabía su saliva? ¿A qué sabía la saliva?

A los ocho años había tratado de responder a esa pregunta intentando besar a una compañera del colegio. Después de tropezar con la comba en el décimo salto y apartarme del juego preocupada –estábamos jugando a «La, la, la, lará, ¿con cuántos años te vas a casar?»–, la niña, que apenas me conocía y que esperaba para entrar a saltar, me contó que ese tipo de juegos predictivos a veces fallaban, que era un poco raro casarse tan joven. ¿Cuántos años tienes?, me preguntó poniéndome una mano en la espalda. Ocho... le contesté. ¿Ves? Es imposible que en dos años encuentres a un niño que te guste y te cases con él, eso lleva bastante más tiempo. Sus palabras me animaron tanto que sentí por esa niña un agradable cariño repentino. Y de ese cariño nació la duda. La duda de la saliva. Y por eso a los ocho años intenté besar a una compañera del colegio. Y la compañera del colegio, tan amable antes, se tornó arisca y mala, y mientras se apartaba me respondió al beso con un ¡puaj!

A los diecisiete, ¿o fue a los diecinueve?, en cualquier caso ya en la ciudad, por fin hice una amiga. Después de que su madre consiguiera un trabajo mejor pagado, la familia se acabó mudando aquí y ella se vio obligada a renovar amistades. Hecho que procuró solucionar lo antes posible, hablándome en su primer día en el nuevo centro. Que hubiese tenido que sentarse a mi lado en clase porque yo era la única chica que ocupaba una mesa sola supongo que ayudó. Mi nueva compañera de mesa era rubia y extrovertida. Durante aquel curso, le dediqué todos mis pensamientos a ese cuerpo redondo y verborreico. Hablaba mucho, y cuando la profesora la mandaba callar me pasaba notas por debajo de la mesa. Esa chica hablaba tanto que uno de los últimos días de clase, mientras me hablaba y hablaba y hablablablablabla, sentí la desesperada necesidad de taparle los labios con los míos. Para mi sorpresa, se quedó callada. Y esa fue la última vez que me habló en todo lo que quedaba de curso.

A los veintiuno o veintidós años salí por primera vez de fiesta. Nunca lo había hecho porque nunca había tenido con quién ir, pero una tarde, sacudida por una enorme valentía y marinada esta durante meses, me dije a mí misma que eso tenía que acabar. Que iba a hacer amigas. Amigas que me cayesen bien de verdad. Amigas que no me abandonasen sin explicación. Me metí como pude en un vestido y unas botas de tacón de mi madre, que ahora me quedaban mejor a mí que a ella, y me aventuré a la noche y a las luces. Después de casi una hora andando, encontré una especie de bar luminoso y estridente con ínfulas de discoteca. Luego de saciar la embriaguez, me topé con un grupo de chicas no menos borrachas que yo que me invitaron a su mesa. Recuerdo sentirme viva y locuaz, ilusionada como en esos momentos tan escasos en que sientes que algo va a cambiar, que algo grande va a pasarle a una. La que percibí como la líder del grupo empezó a preguntarme por mi vida y yo empecé a mentirle porque era más guapa que yo y quería impresionarla. Ella estaba tan segura de sí misma –había vivido tantas cosas y conocido a tanta gente– que se creyó todo lo que yo le conté, como si mis exageraciones a ella le parecieran hechos nimios, cotidianos. Era seductora y una desvergonzada. Consciente de que era la más sensual del grupo, no se privaba de alardear de su cuerpo o su vida. Recuerdo pensar que, de haberle contado la verdad sobre la mía, nunca me hubiera comprendido. La veía tan perfecta que estaba segura de que nunca le había pasado nada grave. Todo en la vida aparentemente le había ido bien. Salió a fumar y la acompañamos todas. En un momento de intimidad entre nosotras dos, mientras las demás hablaban de ropa o de la resaca que iban a tener al día siguiente, me preguntó si quería probar a fumar. Me avergonzó sin quererlo, porque se notó que ella era naturalmente consciente de que yo nunca había probado el tabaco. Esa superioridad nativa, lejos de enfadarme, me hizo sentir aún más insegura. Me sopló el humo en la cara y me dijo venga, solo es humo. Volvió a dar otra calada y yo interpreté mal la invitación. Intenté besarla. No porque me apeteciera, claro está, sino porque había entendido que quería que aspirase el humo directamente de su boca. Se apartó y empezó a reírse de mí. ¡Lo sabía! ¡Lo sabía!, no dejaba de gritar. ¡Sabía que te gustaba! Gritaba y se reía y llamaba a las otras chicas, que también se rieron de mí. No he conocido mujer más creída. Más ególatra y más creída.

–Creída.

Se lo espeté a la chica y alejé mi cara de la suya todo lo que pude. ¿Me intentaba besar? ¿Era eso? Lo dudo, tiene novio, pensé. ¿O ya no? Espero que, aun así, no me haya malinterpretado con eso del pelo y los lápices de colores. Se lo volví a decir, creída. Y la chica tardó unos instantes en despegarse la sonrisa. Como si se le hubiera quedado dura, la sonrisa. Luego dejó encima de la mesa el lápiz de color y se levantó como si no hubiera pasado nada. Recogió las tazas de té y espiró por la nariz de camino a la cocina.

–¿Quieres que te ponga la televisión un rato?

Alargué la vista hacia la zona del sofá y reparé en la televisión, como si fuera algo nuevo en la casa. No recordaba cuánto tiempo hacía que tenía una, ni cuándo la había comprado, ni por qué en algún momento me había visto en la necesidad de tenerla. Igual que las amistades, la televisión había representado un momento limitado y escaso de mi existencia. A veces me percataba de su posibilidad, pero nunca me había llamado lo suficiente la atención. O quizá yo no le había llamado la atención a ella. No es que haya estado sola toda mi vida. Pero la gente que ha pasado por ella, pues eso, simplemente ha pasado. Luego mis pensamientos tomaron otro camino y busqué con la mirada el mando a distancia. ¿Dónde estaba?

–Déjalo, no sé ni dónde está el mando.

La chica ya no me habló más ese día. Y con el silencio, mi mente dio paso a una serie de pensamientos tediosos: cuanto más venía la chica a casa, más rara me sentía yo. Más rara me sentía y, quizá, más vieja me hacía. Cada vez notaba más la falta de memoria, los cambios repentinos en mi cabeza. Nuestra relación había mejorado, sí. Lentamente, claro, porque a veces sentía que era una completa desconocida, pero no podía obviar que cada vez estábamos más confiadas, más cómodas, cada vez bebíamos más té juntas. Pero también sentía que eso me provocaba un empeoramiento que yo estaba lejos de poder controlar. Al fin y al cabo, cada vez tenía más ganas de mear y cada vez podía aguantarme menos. Y lo mismo pasaba con mi cabeza.

¿Y si la chica no venía para ayudarme?

¿Y si la chica venía para volverme loca?

–Vas a volverme loca.

MORADO, VERDE Y CELESTE

La copa del árbol dejaba atrás el blanco y se tornaba de un celeste vital. Las ramas, planas como sus hojas, no tardarían en adquirir también ese color. Todo en él era resultado del hastío, del tedio acumulado por una vida sin cambios aparentes. El árbol seguía siendo aburrido, pero ahora al menos era celeste.

Los árboles no son celestes, pero este sí. En estos mundos blancos y planos y reconfortantes, todo es posible. Quieres que un rinoceronte sea rojo, pues lo es. Quieres que un río sea como un arcoíris, pues lo es. Quieres que un árbol sea celeste... Un árbol aburrido y celeste arraigado en un campo de localización ambigua. No era árida la tierra, ni vegetal, ni barrosa. No olía a nada, esta tierra. Tan solo era una línea fina y recta de horizonte.

La copa azul del árbol no se confundía con el cielo porque estaba nublado y porque las nubes decidí pintarlas verdes. También había una margarita, de un morado intenso. De un morado cardenal en el ojo. Una margarita como plantada sin pensar. Como plantada allí, junto al árbol, sin hermana, ni madre, ni hija. Sin un grupo que justificara su existencia. Una margarita individualista, casi acoplada al árbol. Una margarita, por cierto, erróneamente enorme. Una margarita de pétalos que llegaban a las ramas más altas de su acompañante. Una bella margarita, al fin y al cabo. No había que hacerle ascos. Si ese color morado se había desmoronado hasta salirse del perímetro de los pétalos no era por rencor o miedo a la rareza de esa flor. Ni por la envidia que causaba su tamaño ni por su seguridad en el plano. Era, simplemente, porque a mí siempre me tiemblan las manos.

ALGUIEN TOCÓ EL TIMBRE, OTRA VEZ

Ese día… Recuerdo ese día porque la casa olía a gato y eso nunca se puede esconder. Y alguien tocó el timbre, y no esperaba a nadie, y quién será. Seguro que es el hombre que siempre ha estado esperando, que viene a llevársela, a llevársela con sus manos de grasa, dijo el gato. Es malo conmigo, el gato. A veces es malo conmigo. Y no callaba, y siguió diciendo es un ladrón. Ladrón, llévatela y llévate todos los muebles menos la mesa y el sofá. Llévate su visera, seguro que la quieres, llévatela. Llévate el camisón y el pelo de la ducha. Llévatelo, ladrón. Llévate esta vejez que cansa tanto y que mece a la par que magulla. Llévate sus lloriqueos a otra parte.

Sudor frío, tembleques. Abrí un resquicio de puerta con el reflejo del brazo preparado para cerrarla de nuevo, pero no era un ladrón. Era una chica y tuve que esconder al gato.

—¡Buenos días, Olvido! ¿Qué tal?

Una chica hizo ademán de entrar, pero yo no pensaba abrirle la puerta del todo. Mis manos prietas en el marco de madera. Una piel tostada por el sol me hizo desconfiar: a quién se le ocurre estar tantas horas en el exterior. Qué se había creído esa niña, que se podía entrar en casa ajena así, tal cual, sin previo aviso y siendo una desconocida, sin llegar con una placa que enseñar o una identificación sacacuartos. Entrar como lo hace un hombre excitado.

–Tú no eres un hombre, chica.

–Claro que no.

Mi voz se deformó con el miedo, sabía que me quería engañar. Me quería engañar, esa niña, y yo no sabía ni quién era.

–Que quién eres.

–¡Olvido! Soy la chica que viene algunas veces durante la semana. A limpiar. ¿Te acuerdas?

El tono de su voz se suavizó, tan condescendiente como cuando le hablas a un animal asustado. A uno que acabas de atropellar con una mierda de coche y al que mientras se desangra le pides un perdón de conciencia tranquila.

–Yo no soy un animal asustado, idiota.

–Olvido, soy…

Y como una cachetada, me sobrevino el recuerdo de la chica. No todos los momentos con ella, ni siquiera estaba segura de si habían sido muchos o pocos. Pero fui consciente de que ser, sí habían sido. Y después de la cachetada que aún me ardía en ambos mofletes, una intuición dolorosa como una caricia lacerante encima de la piel encendida: quizá nunca acababa cogiendo confianza con la chica porque a veces me olvidaba de ella.

–Ah, sí, ahora caigo. Pasa, niña.

Nada más entrar, sus facciones cambiaron aunque intentara disimularlas. Debía de oler un poco feo. Como a establo, pero áspero. Yo ya no me acordaba bien porque ya me había acostumbrado. No olía mal, mi casa, pero olía. Sé que es de esas casas con gato en las que no se ventila. Aunque sin gato, porque ella no debe saber.

–No tengo gato. Es que hace frío siempre.

–Lo sé, Olvido. No te preocupes. Yo me encargo.

Su voz evocaba la seda de un pañuelo. Eso es típico de las buenas personas o de las que te quieren embaucar. Si es de las segundas, esta casa está llena de bichos: no creo que aguante mucho.

Llegó con paso firme pero simpático hasta el saloncito. Yo la seguí. Echó un vistazo al sofá y a la cocina con determinación. Se notaba que ya había estado allí. Luego desvió la mirada a la mesa y vio colgado encima de ella el cuadro impreso de los girasoles. Una pintura tan amarilla como sus dientes, con quince girasoles dentro de un jarrón también amarillo y con la palabra «Vincent» escrita en él. Luego se giró y me miró y yo pregunté:

–¿Te gusta el cuadro?

Ella se volvió para mirarlo tan solo un segundo. Luego se tornó para mirarme de nuevo y asintió con la cabeza y una sonrisa simpática. Me quedé callada unos instantes. Luego volví a hablar:

–¡Lo he pintado yo!

Ladeó la cabeza y sonrió extrañada. Parte de su melena le resbaló por los hombros. Aproveché para mirarla bien. La inspeccioné con disimulo. Solo se me ocurrió pensar que era tan bella que la vejez no sabría por dónde empezar a roer.

RODILLAS DE VIEJA

El gato coincidió conmigo ese día en eso de que el piso últimamente estaba más limpio. A veces, vieja, tiene usted razón, me dijo. Entre sus pelos y los míos dejábamos el suelo que daba asco. Cerrabas los ojos y, pisando con los pies descalzos, podías apreciar lo mullido que estaba. Un prado de genes. No sé de qué se queja usted si luego soy yo el que va imantando los pelos y el polvo que se genera, me dijo. No le quito razón. Había días en que el gato andaba por la casa como más pesado. Más pesado, como vestido de un pelo descolorido que no era el suyo. Un gato polvoriento es como una alfombra andante. De esas que hasta que no pasas el aspirador no te das cuenta de cuánto les hacía falta una buena mano de succión. Por eso a veces lo peino, como ese día. Aun así tiene la suerte de ser escrupuloso, y dedica un buen tiempo de su día a pasarse la lengua. Se lame y se lame y se lame y se quita el polvo y se lame y se quita el pelo y se lame y se lame y se quita de encima lo sucio. Y cuando ya no queda nada más por lamer se sigue lamiendo y si hace buen día hasta se limpia el sol de las patas.

–No puedes negar / la rareza del hogar. / Gato y pulcritud.

El gato me preguntó de dónde había sacado yo ese haiku que acababa de recitar. La pregunta quiso absorberse en mi cabeza, densa como el aceite. Pesada y engorrosa, la pregunta. Pero llegó el recuerdo y no pude pararlo. Primero vino lentamente, pero se volvía a ir enseguida. Como jugando, el recuerdo. Eso pasó varias veces. Luego, aunque lejano, se me antojaba allí mismo. Como si ese recuerdo fuese de ese mismo día. Pero se iba de nuevo y no se dejaba ver con nitidez. El gato esperaba con falsa paciencia. No me vio, creo, pellizcarme fuerte el brazo. Por fin el recuerdo irrumpió de golpe.

Una estantería llena de libros pequeños y delgados y de tapa dura. Ordenados por un número en cada lomo. Pero antes, mi madre preparando el desayuno. Aguardando las tostadas que luego serían untadas con mantequilla. Un libro pequeño y delgado y de tapa dura en la mano, un libro como los que yo tengo en casa. Quizá el mismo. Pero antes, un paseo hacia la plaza del pueblo. Un quiosco abierto y mi madre echando un ojo a los periódicos. Luego al rincón de fascículos, algo que era nuevo para nosotras. *Aprender a pensar* por cuatrocientas pesetas, *Entender las grandes guerras* por doscientas sesenta pesetas, *Descubrir la poesía japonesa* por doscientas veinticinco pesetas. Mi madre agachándose ante lo que prometía ser el primer libro de una colección. Mi madre pagando doscientas veinticinco pesetas, retirando un trozo de cartón y guardándose el libro en el bolso. Nunca entendí por qué a mi madre le interesaba más descubrir la poesía japonesa que las demás colecciones. Quizá porque la guerra ya la vivía dentro de casa y porque aprender a pensar haría que le doliese todo un poquito más. Pero se acabó aficionando a leer ese libro pequeño y delgado y de tapa dura, y cuando ya se supo todo lo que ese libro contenía, se aficionó a comprar los siguientes hasta que tuvo toda la colección. También mi padre le regalaba algunos, por sorpresa, las veces en que llegaba a casa limpio y sin grasa de los coches y lo único que le apetecía era que mi madre no se mostrara fría ante él. Y desde que tuvo esos libros mi madre, siempre que esperaba a que se secara el suelo del salón, esperaba a que terminase yo de cenar o esperaba que las tostadas salieran del tostador, sostenía el libro y se ponía a leer. Breves fragmentos de texto que no la distraían más de cinco minutos. A mí el deseo de leer haikus se me presentó rotundo desde que vi a mi madre hacerlo por primera vez. Pero no me dejaba leer esos libros, mi madre.

Volví al saloncito cansada, como si hubiese llegado de viaje después de varios años aun sin moverme del sitio. La pregunta del gato, ya absorbida en su totalidad, dejó de importarme. Me hice la tonta para no tener que hablar del tema.

–¿Qué haiku?

El gato mudó el carácter bruscamente. Puta loca de los cojones, me gritó. Al menos cuando me gritaba no me hablaba de usted. Ya no sé si sigues aquí, igual de ávida que hace unos años, o has dejado de estar presente hace tiempo. Desconozco si esa mala baba que has tenido siempre permanece o si finges ser vieja para mantenerla. Podría ser. Simular los cambios físicos es posible, por ejemplo con maquillaje. Con maquillaje se pueden aparentar las arrugas. Lo difícil está en fingir eso que tienes en la cabeza. No creo que fueras capaz. De la misma forma que es sumamente complicado disimular la vejez, también creo que aparentarla no es tarea para ti. Estás chocha, no hay más. Y esta vetustez tuya se afila con el tiempo. Se endurece y corta todo lo que tiene cerca. Se perfecciona sola. No tienes que esforzarte en que cada día duela más. Va puliéndose cada día, dotándote de más y más pliegues como hojas de acero. Desde que el piso se mantiene así de limpio me he acomodado, pero a veces temo por la chica. Todo eso me soltó. Yo lo mandé callar y seguí peinándolo. Después de unos minutos, más calmado, me preguntó qué tal con la chica.

–Cómo que qué tal.

Matizó la pregunta con las orejas, ya hacía tiempo que veía a la chica en casa, pero ella no lo veía a él. No lo veía a él y él no entendía por qué yo no les presentaba. Me distraje un instante para pensar en lo que había dicho el gato y dejé de peinarlo. Al cabo de unos segundos, él arqueó su lomo como toque de atención y proseguí.

–No lo entendería.

¿Acaso no le habla usted de mí? Ese lloriqueo me hizo dudar durante unos segundos. Aproveché para liberar la mata de vello que cubría el peine, arrastrando algunos pelos con las uñas para separarlos de las púas, y seguí trabajando.

–Nunca. Ni lo voy a hacer.

Estúpido fósil, dijo, y a mí ya no me apetecía peinarlo, así que me aparté de la mesa del saloncito y fui a guardar el peine. Si no le habla de mí, de mí, que estoy siempre en su mente, que nunca me olvida; si no le habla de mí, de qué habla entonces con la chica, con la chica de qué habla.

–Ni idea, no me acuerdo.

Le di la espalda y fingí hacer cosas en la cocina. Me dijo irónicamente que vaya mala memoria tenía yo.

–No tengo mala memoria. Lo que pasa es que es muy selectiva.

Mi memoria ha decidido olvidar la mayoría de las cosas. Es como si mi organismo hubiera ido eliminando, eliminando o purificando recuerdos. Como si mi cerebro, para seguir trabajando, debiera comérselos para convertirlos en energía. El cerebro como una máquina de vapor. Los recuerdos, el carbón. Como si mi cerebro hubiera destilado todos los momentos de mi vida, concretando todo lo posible, apurando hasta eliminar lo suficiente para no recordar apenas nada. Hacerlo para al menos no olvidarse de una misma.

Supongo que por eso ya no me acuerdo de ningún nombre excepto del mío propio. La jodida memoria.

–Está tan delgada.

Eso es lo que eligió la memoria.

–Parece que se la va a llevar el viento.

Me dijo el gato que no tenía razón. La chica se veía bastante sana. Como un muslito de pollo. No como usted, vieja gorda. El saloncito olía a café recién hecho. Me mantuve de espaldas a él. Quieta. Pensativa. Apoyadas mis manos hinchadas en la encimera de la cocina, apoyadas sus patas peludas en el canto de la mesa. Luego viré suavemente la cabeza y dejé ver una oreja completa y parte de un ojo. Finalmente sentencié:

–Como si para estar sana necesitara estar delgada. O como si fuera una obligación moral o social estar delgada. O estar sana. Como si le debiera la forma de mi cuerpo o la de mi salud a alguien. Como si te la debiera a ti, estúpido. Me importa una mierda la salud. Y aún menos la delgadez.

El gato permaneció inmóvil unos segundos. Luego empezó a lamerse una pata con parsimonia. Es usted quien siempre anda quejándose de su cuerpo, dijo después.

–Simplemente lo comparo con el de la chica. Simplemente eso.

Me mantuve unos segundos en esa posición, como asimilando las palabras que acababa de decir sin querer. Saboreándolas. No me gustó el sabor y opté por recomponerme. Habrá que quitar el regusto con una taza de café. Me giré hacia los fogones. Vertí agua en la cafetera italiana y la rellené de café molido, dos cucharadas. Enrosqué y calenté. Borbotones de café dentro del aluminio. Esperé. Y entonces el gato preguntó divertido que qué iba a hacer, solitaria de mí, ese día.

–Esperar.

Esperar a qué, espetó.

–Esperar a lo que no se puede evitar.

Quité la cafetera italiana del fuego y vertí el líquido en una taza china. Pensé en si sería mejor dejarla enfriar o por el contrario arrimar los labios a la taza y notar esa quemazón en la lengua, notar cómo el calor se transportaba hasta la parte externa de los carrillos, notar cómo se encogía la garganta. Pensé en esa sensación de frío que conllevan las cosas calientes, como cuando te duchas con agua ardiente pero sientes los pies helados porque el agua tiene una temperatura superior a la de la piel. Lo mismo pasa con las discusiones entre la gente, que desprenden como un ardor frío. Opté por esperar y me volví para mirar al gato.

–Qué dolor de rodillas hoy.

Me dijo que era normal que me doliesen, ya no estaba para esos trotes.

–Qué trotes.

Se explicó bien con la cola: ya no está esta vieja como para andar a gatas.

–¿Andar a gatas?

Eso es lo que hace usted de noche, vieja.

–Eso lo harás tú.

Me giré hacia los fogones. Vertí agua en la cafetera italiana y la rellené de café molido, dos cucharadas. Enrosqué y calenté. Borbotones de café dentro del aluminio. Esperé. Y, mientras, el gato no dejaba de preguntarse, como si de un divertimento se tratara, si me había incomodado.

–No usas las palabras adecuadas para incomodarme.

Silencio. Me intenté explicar mejor.

–Existen palabras más incómodas que otras. Tú no las usas.

¿Y usted sí, vieja?

–Por ejemplo «amar».

Amar.

–Sí. «Amar» es una palabra más difícil que «macarrón».

Aparté la cafetera italiana del fuego, y cuando intenté verter el líquido en una taza china me di cuenta de que solo quedaba una donde poder hacerlo. Ahora tres tazas llenas de café recién y no tan recién hecho esperaban pacientes en la encimera. Entonces me molesté con el gato por haber hecho tanto café.

–Pero ¿cuánto café has hecho?

No respondió. La pregunta se quedó colgando en el aire y el aire se tornó húmedo de tanto hervir agua y era tan denso por haberse impregnado del líquido que se sentía como si estuviera hecho de café.

Y yo notaba la espesura en la piel.

OTRO SUEÑO

Sudor por todas partes. Así el odio cuesta que se absorba. Noche agria y macerada en aceite. El aceite. El aceite que entierra el cuerpo y el cuerpo que se esconde bajo las sábanas. A causa del miedo, más sudor. Llega el zángano. Aquí está. Yo sé que tenía que llegar. Su cuerpo fuerte y poca conversación. Manos de grasa de grasa las manos. Hablando en un idioma magullado, como de gárgara mocosa. Sieso e inverosímil, el zángano. Manos de grasa de grasa las manos. Un traspié seguido de un chistido. La cama se dobla hacia abajo y yo me aparto sin querer que se note. Creo que el zángano dice buenas noches. Cuesta entenderle cuando habla, pero desaparece.

Una caricia incómoda en un sitio cómodo. Manos de grasa de grasa las manos. No le veo la cara al zángano pero sé que ha vuelto. Está tan oscuro que no me veo ni a mí. El pantalón del pijama se retira por abajo porque se ha humedecido. No sabía que también había hormigas obreras, no las había visto. Pero se quedan pegadas en el pantalón húmedo. Manos de grasa de grasa las manos. El zángano habla pero no se le entiende. Le pregunto qué ha dicho. Lo intenta de nuevo, pero no es el volumen de la voz sino la torpeza en la lengua. Llena de grasa, la lengua. Se acerca a mí y me susurra. Escupe un poco al hablar. Otra caricia incómoda, pero esta vez en un sitio incómodo. Manos de grasa de grasa las manos. Me quedo quieta, muy quieta, tan quieta como una hormiga muerta. De golpe mi madre me mira. ¿Ha estado aquí todo este tiempo? Me mira y no dice nada y yo siento una vergüenza inaguantable. Quiero hablar con ella pero tengo la boca llena de grasa.

Manos de grasa de grasa las manos. Mi madre ya no está. Me levanto de la cama y corro hasta el salón. El zángano está sentado en el sofá, viendo la televisión, pero ahora me mira y se levanta y yo me escondo de nuevo en la habitación. El zángano viene a verme, anda lento y tropieza a veces. El zángano llega y se estira encima de mí. Me aplasta, es un zángano muy grande. El zángano intenta hablarme pero no le entiendo. Quizá él tampoco me entiende cuando le digo que pare.

La grasa del zángano por todos lados.

La voz de la chica desde el salón. Muy lejos, la voz. Me levanto de la cama y la sigo. Muy lejos, la voz. Me fijo en la televisión. La chica está dentro de la televisión. Sigue hablándome. Me dice Olvido, Olvido, ¿te has vuelto a dormir?

Olvido, Olvido, ¿sigues aquí?

Una caricia cómoda en un sitio cómodo. Abrí los ojos muy lentamente. Los cerré de nuevo. La luz se filtró por el párpado.

Olvido, Olvido, ¿sigues aquí?

Olía a té y a escoba. Abrí los ojos de nuevo. Era de día y veía a la chica, que me miraba. Pensé que era una niña, yo, pero en un segundo pasaron muchos años y ya no lo era.

–¿Qué soñabas? No parabas de moverte.

De moverme. Me descubrí sentada en una silla, apoyados los brazos en la mesa del saloncito. La luz entraba por la ventana pero yo tenía aún la noche del sueño dentro.

–En una noche que aún no ha terminado.

Noté la mano de la chica aún en mi espalda. De repente una sensación asquerosa. Manos de grasa de grasa las manos. Me eché atrás en la silla, con rabia.

–A mí no me toques.

La chica, asustada, retiró la mano. Es increíble que aproveche hasta los momentos en los que estoy dormida para acercarse.

–Olvido, creo que te has levantado desorientada.

–Cállate.

–Olvido, soy yo,

–He dicho que te calles.

Silencio.

–Estaba barriendo y te has dormido en la mesa. Estabas pintando, ¿te acuerdas?

Miré hacia la mesa y vi los lápices de colores. Una presión en el pecho, como si tuviera una pelota de madera en el diafragma, una pelota de madera allí metida, oprimiéndome. Y entonces, la rabia que había sentido hacía unos segundos, la rabia como una pelota dura y pesada y caliente, subió por el cuello hasta los ojos. Y los ojos calientes se enrojecieron. Y empecé a sentir miedo y vergüenza y desazón. Y no sé por qué, me envolvió una soledad elástica. Una soledad que se extendió por toda la piel y que hacía despuntar el vello.

–Tengo miedo... qué vergüenza... ¡No me mires!

Y la chica obediente se giró y me dio la espalda. Y lloré.

–No pasa nada, Olvido. No pasa nada.

–Cállate, que sí que pasa.

Lloraba y la chica se cogió las manos y empezó a frotárselas con nerviosismo.

–Tengo miedo... Estoy sola, coño. Estoy sola y sueño y cuando sueño dejo de estar sola pero no me gusta la compañía.

Seguí llorando y siguió la chica frotándose las manos.

–No tengo madre, no tengo padre, no tengo amigas, no tengo futuro, no tengo nada.

La chica dejó de frotarse las manos y yo empecé a frotarme los ojos. Me retiraba lo húmedo de los párpados. Algunas gotas llegaron a las comisuras y me supieron a sal.

–Olvido...

Silencio.

–¿Puedo girarme?

Me puse nerviosa y me limpié los ojos con las mangas del camisón.

–Olvido, ¿puedo verte?

Silencio.

–Por favor.

Silencio.

–Sí.

Y vi girarse a la chica. Y vi a la chica acercarse, acercarse a mí. Y vi arrodillarse a la chica delante de mí. Ambas rodillas apoyadas en el parquet. Y vi a la chica alzando sus brazos delgados hacia mí y la vi rodeando mi cuerpo con sus brazos. Con sus brazos abrazándome fuerte. Con sus brazos y con su cara. Su cara apoyada en mi hombro derecho, su cara presionando mi pecho. Mi pecho respirando forzosamente, forzosamente pero respirando un aire como nuevo, un aire como puro y limpio y esperanzador.

–Yo soy tu amiga y no te voy a dejar sola.

Un aire como más vivo, como más fresco, como más joven.

–Te lo prometo.

…El de las hormigas de la piel es un mundo curioso y desconocido. No somos conscientes de las múltiples similitudes de estos himenópteros con los humanos.

Como, por ejemplo, su gusto por el agua. Realmente aún no se ha descubierto el porqué, pero sí sabemos que una hormiga puede vivir hasta dos semanas debajo de este líquido. Por ello si sufrimos una plaga de hormigas en casa, el agua no será nuestra aliada para combatirlas… ¡sino la suya!

También tienen cinco sentidos. El tacto, el olfato, la vista y el oído acercarían a la hormiga a las sensaciones del cuerpo humano si no fuera por su quinto sentido, un lenguaje químico propio que las ayuda a marcar con su olor las nuevas fuentes de alimento para que el resto de la colonia sepa que puede hacer uso de ese recurso.

Y, finalmente, la esclavitud. ¡No me crean si no quieren! Pero aunque parecen seres pacíficos que viven de forma ordenada y tranquila, lo cierto es que estos insectos pueden llegar a esclavizar a otras hormigas para que hagan su trabajo convirtiendo a las segundas en una especie de criadas. Lo más habitual es que estas sean de otras especies u otras colonias de la misma especie. Rara vez son de la propia colonia. También suelen explotar a pulgones, con los que conviven en armonía por ser usados como ganado. Dichos áfidos consumen la savia de las plantas y, una vez la han metabolizado, la excretan en forma de melaza. Las hormigas adoran estos azúcares, y para obtener este manjar ordeñan a los pulgones frotando sus antenas en la parte dorsal del pulgón para estimular la evacuación de dicha melaza. A cambio, las hormigas prometen a estos pulgones la protección contra otros depredadores…

ESCONDER LA VEJEZ

Se me caen los dientes, a veces. Doy vueltas por el saloncito, por el saloncito muchas vueltas, y cuando me siento en el sofá tengo un diente menos. Luego, al levantarme, lo piso con el pie desnudo y me pregunto si es del gato. Y el gato me dice no es mío, anciana tonta, ni de usted tampoco ya. Ya no. Apenas entiendo la situación. A menudo recojo los dientes del suelo igual que lo hago con los mechones de pelo: encorvándome y sin mirarlos mucho, acercándome a la cocina, tirándolos a la basura, olvidándome de por qué estaba yo en ese momento en la cocina.

Ahora que ya no tengo tantas muelas, mi boca de tortuga no me permite masticar según qué cosas. En vez de eso las chupo. Me puedo pasar, por ejemplo, una semana entera chuperreteando una zanahoria cruda como si fuera un helado. Se la deja usted a veces en el sofá o en el suelo o en la mesa y la coge días después como si fuera el primero, metiéndosela en la boca y volviendo a salivar. Esto que dice el gato no es verdad.

Últimamente me traslado de un lado a otro con una torpeza pronunciada. Ya ni el gato disfruta viéndome así. Ciertamente, la vejez se ha ensañado conmigo. Antes leía tanto... leía mucho. Sabía mucho. Mucho, y me expresaba muy bien. Ahora lo único que hago es salirme de la raya al pintar una ridícula flor. El gato en ocasiones me mira fijamente y me dice que soy merecedora de mi condición.

Muchas veces no sé ni dónde estoy. Pero usted se lo busca, ríe el gato. Se lo busca, porque se ha acostumbrado a dar vueltas por el saloncito. A corretear en círculos, saltarina y como coja, a corretear como un perro aburrido y reseco. Da vueltas y vueltas y dice ay la cabeza y se abalanza al sofá como una niña pequeña agotada. Vive mareada. Yo si fuera usted no daría tantas vueltas, las vueltas agilizan la vejez. Las vueltas ya se las da encima de la Tierra, que merodea cerca del Sol como una mosca terca, igual que usted. Ya se las da la Tierra, las vueltas. Y yo le digo que, cuanta más edad, más vueltas y más mareo. Por eso la gente mayor es más propensa a caerse, supongo, porque lleva más vueltas encima de esta taza giratoria. Es normal que el cuerpo al final se quiera bajar de la atracción.

Cuando ya no puedo dar más vueltas, pongo una lavadora. Ahora que nadie la pone por mí. A veces solo la enciendo, sin ropa, y me quedo mirando los giros. Otras pongo a lavar mi visera. Hoy, por supuesto, mi camisón: una mancha opulenta me ha despertado esta mañana. Del tamaño de un huevo marrón, la mancha. Como una gallina, soy. Las flores de la parte de atrás de la prenda quedaban ocultas por el pringue. Aún estaba húmeda, la he olido y olía a mierda.

–Entre tú y yo, / cola de lagartija. / Huele a cerrado.

Una anciana como yo es normal que viva con estos desajustes físicos. Aun así, al ver el pringue, una especie de ausencia me ha empezado a pesar en los ojos. Pero me he levantado de la cama, he inspirado hondo y al llegar al saloncito me he quitado esa sensación de la mirada sacudiendo la cabeza. Luego lo de las vueltas. Luego he cogido el camisón y he puesto la lavadora de forma mecánica. He esperado delante de la máquina hasta que el programa ha acabado y después de colgar el camisón en la ventana me he puesto a pintar.

Me dice el gato que cada día tengo una apariencia más asalvajada. Carcamal del monte, me suele llamar. Es cierto que entre el nacer y el empezar a ser educada, una, de pequeña, es ante todo salvaje. Come con las manos, se mancha y no le importa, habla y ríe alto. Cuando a una la educan lo único que hacen es desasalvajarla. Pero a los humanos les pasa igual que los dientes, que, aunque hayan estado sujetos a la ortodoncia, luchan siempre por volver a su sitio inicial, a su naturaleza. Cuando nos hacemos mayores, de un modo instintivo y evidente, volvemos al estado montés. Comida entre los pocos dientes todo el día, brazos sucios sin darnos cuenta, mierda en el camisón.

A mí lo de asilvestrarme me ha sido una tarea impostergable. El no haber acabado en una residencia ni visitar centro de día alguno supongo que ha agilizado el proceso de ferocidad. Poco a poco me he alejado de ser humana para acercarme a la brutalidad. Ahora, más que una mujer, soy un animal viejo y sin domesticar.

Arrugo el último dibujo y me imagino que es mi piel. Como ha hecho sol, descuelgo ya el camisón seco y me visto de nuevo. El recuerdo de la mancha se percibe cuando la miro a través del tejido y la luz. Ya no se irá. A pesar de haber dejado de apestar y de pesar en la tela, permanecerá siempre esta sombra, la sombra de lo que fue un día el pringue nocturno.

–Me importa una mierda esta mancha.

El gato no comprende. Desde que me quedan pocos dientes, cuesta entenderme al hablar. Como si hubiera viajado a un país extranjero y hubiera adquirido su acento. Así que me hace repetir lo que he intentado decir.

–Me importa una mierda esta mancha. Me he hartado de esconderme.

Me mira a los ojos. ¿A qué te refieres con esconderte?

–La gente como yo intenta esconder la vejez todo el tiempo. ¿Se te caen los dientes? Dentadura. ¿Se te cae el pelo? Peluca. ¿Se te cae la mierda? Te compras otro camisón. La vejez motiva la mentira.

A veces la mentira no es mala, me dice.

–Tú qué sabrás.

Me cuenta de forma un tanto paternalista que la mentira multiplica nuestras posibilidades. Dobla, triplica los senderos por los que pasar. Hace de la vida algo entretenido. Un camino en el que vale la pena pasear. Pienso en lo que me dice unos instantes y no estoy de acuerdo. La mentira, o la ausencia de verdad, solo me ha complicado las cosas estos últimos años. Al pensarlo me entra sed.

–¿Te apetece un café?

MASCAR LA VERGÜENZA

Me avergoncé delante de la chica. El pudor quemaba mi cara y me picaba como cuando te lavas el rostro y te olvidas de echarte la crema y entonces la piel reseca te lo recuerda. Era la primera vez que me pasaba. Luego pasó más veces, pero esa era la primera y nos pilló desprevenidas. Nos encontrábamos en medio de una mansa conversación cuando me hice pequeña. Mengüé en edad, sí. Me transformé en la niña de cinco años que un día fui. El cuerpo por fuera se mantuvo, es decir, la capa de vejez la seguía llevando. Es lo de dentro lo que cambió. Me convertí en una Olvido de antaño, una muy joven, y hablé como tal. La vejez es viajar al pasado. Ya me había sucedido antes, viajo al pasado a menudo. Salto a la infancia y vuelvo como si jugara a la rayuela. Lo diferente esta vez fue que lo hice con ella delante.

Empecé a lloriquear sentada a la mesa del saloncito porque me había salido de la raya pintando. La chica dejó los cachivaches de limpieza y se acercó a mí, desconfiada: no entendía si estaba de broma o lloraba de verdad. Yo la miré, le dije no sé pintar. Le dije mira qué caca, con los ojos llorosos. Y le acerqué el libro para colorear a la cara. Una flor morada con un par de rayas fuera de los pétalos. Ella me intentó apaciguar, no pasa nada, Olvido, es solo un dibujo. No entendía nada, la chica. Me puse a llorar, y ahogada de rabia e impotencia la llamé mamá. Dije no es solo un dibujo, mamá, no lo es.

El aire se enrareció. Olvido, ¿estás bien? ¿Sabes quién soy? La chica acabó por comprender. Se me olvidaba que es vieja, debió de pensar. ¿Quieres echarte a descansar? Yo volví a crecer de golpe y me puse digna. Luego vi ese pudor rojizo en su cara. No, le dije. Estoy pintando.

Por distintas razones, la vergüenza abarca toda mi vida. Cuando era joven terminé acostumbrándome a ella. La vergüenza es como un chicle. Es gomosa, y una vez se pega en la cabeza ya no se quita, solo te acostumbras a sentirla. No es como la belleza, cinta adhesiva de mala calidad, que si va humedeciéndose poco a poco acaba por despegarse y ya no hay vuelta atrás. El pegamento ya no es funcional. Pero la vergüenza, la chiclosa vergüenza, pega por sí misma y solo te queda metértela en la boca y aprender a mascarla hasta que te duele la mandíbula. Es decir: aprender a sonreír mucho cuando la gente intenta burlarse de una, por ejemplo.

La gente suele hacer eso. Burlarse. Intentar pegar su propia vergüenza a otra gente. No es posible. Hay que masticarla, siempre hay que masticarla. Masticarla y masticarla hasta que se ablanda y es más fácil trabajar con ella. Vivimos con la vergüenza pegada creyendo deberle algo a las personas que nos la han pegado en la cabeza. Creyendo que para despegarnos esa adherencia del cuerpo hay que agradar a esas personas, devuélveles tu vergüenza, pégasela. Pero no funciona así. Cuando te haces vieja lo entiendes. Lo ves todo desde otra altura. Una menor. Una en la que ya no hace falta llegar a esa gente para desentenderte de tu vergüenza. Y te da tiempo a pensar en la que has sentido a lo largo de los años. Y te empieza a dar igual llevarla pegada. Porque ya has aprendido que, a pesar de mascarla y mascarla, nunca la podrás escupir. Aun así soy consciente de que ser vieja en eso es una ventaja. Cuando ahora cometo un acto vergonzoso me protege la vejez. En eso tengo suerte. La vergüenza depende de la edad. No es lo mismo que alguien se cague encima a los dos años que a los veinte o a los ochenta. Lo bueno de la vejez supongo que es eso, que te puedes cagar encima. Ya total, cagándote o no, la vergüenza seguirá estando ahí.

Aun así, no se debería temer la vergüenza. La vergüenza es una suerte de herramienta. Tan pegajosa que hasta fija con ella los recuerdos. Los fija en la memoria. Los momentos de la vida en los que se siente vergüenza nunca se olvidan. Gracias a la vergüenza, yo recuerdo.

En eso envidiaba a la chica. Esa joven ya era consciente de su vergüenza y no la temía. A sus veintipocos años, sabía que no podría despegársela nunca y por eso actuaba como tal. A menudo se ruborizaba y se tropezaba con sus propias palabras al hablar, y aun así dejaba crecer su vello corporal a sus anchas y aun así me secaba la vulva con la toalla y aun así un día se atrevió a decirme que había tenido una novia.

A veces lo que pasa con la vergüenza es que, al sentirla una misma, de golpe se la haces sentir a otras personas. Y cuando me abochornó con esa noticia se me cayó la taza china que sostenía en la mano y se estampó contra el suelo. Manchas de porcelana por todas partes. Los pedazos recorrieron todo el saloncito y la cocina, que son al fin y al cabo la misma habitación.

Da igual cuán grande sea una sala, los trozos siempre acaban llegando a todas las esquinas, me dijo la chica con una sonrisa. Sus labios tensaron sus pielecitas. Cuando no llevaba cacao en los labios su boca parecía hecha de escarcha. Yo no podía hablar. La chica notó mi incomodidad y se apresuró a arrodillarse a recoger los trozos que tenía a mi alrededor. Noté cómo su larga melena encrespada frotaba mis pies arrugados. Delgada como un potrillo al nacer, fue recopilando los fragmentos más grandes y luego se levantó y barrió.

Todavía sentía la fricción de su pelo en los pies desnudos cuando se fue, horas más tarde. Dos dromedarios entrarían en mí esa madrugada pensando en lo sucedido, pero al día siguiente una especie de bochorno se instaló en casa al llegar la chica de nuevo. Por eso no pude evitar hablar de ello.

–Así que tuviste una novia.

–¿Sigues pensando en lo que te dije el otro día?

–Dime.

–Sí.

–Sí qué.

La chica me miró. Con los ojos grandes me recriminaba dulcemente el tono amenazante y decidí sonreírle levemente para apaciguar mi despunte malhumorado.

–Mi última relación fue con una mujer.

–¿Eres una lesbiana de esas?

–No. No soy lesbiana.

–¿Entonces?

–Pues... me es indiferente lo que tenga alguien entre las piernas.

Suspiré. Intentaba aguantar mi enfado. De nuevo, me sentía avergonzada. Engañada, más bien, por tener a una persona como ella en mi casa. No es que no le permitiese ser como decía ser, pero no me lo esperaba, de verdad que no me lo esperaba. Ella no parecía ser... eso. Un ser estridente. Y de pronto recordé el día en que me dijo que yo no era la única a la que iba a visitar a casa. Así que había más. Había más mujeres. Ahora lo entendía todo. Me sentía vulnerable. Y más sabiendo que esta niña venía a mi casa porque ella quería. Ahora temía el interés que pudiera tener al venir. El interés que pudiera tener en mí. Quién sabe, a lo mejor le gustaba y no se atrevía a decírmelo. Me lo podía decir, claro que podía, teníamos confianza, y así yo también podría decidir qué hacer con la situación. De igual forma que si descubriera que me estaba robando, podría decidir, podría decidir qué hacer, si perdonarla o echarla de mi casa. Pero no me atrevía a preguntar. No quería pegarle mi vergüenza. Era joven e inexperta. Era insolente, como la gente de su edad, y a lo mejor no sabía cómo tratar el tema. A lo mejor la había malinterpretado y en realidad la chica no había aprendido a masticar su vergüenza. Es natural que me compadeciera, al menos un poco, de una persona como ella. No soy una insensible, al fin y al cabo. Ella era una persona que se dejaba engañar por la moda del momento, que se dejaba influir por las nuevas costumbres, una persona que no pensaba en la vergüenza que producía al resto de la gente, en ese bochorno que me podía provocar a mí. La chica no respetaba nada, como la gente de su edad, y eso, paradójicamente, había que respetarlo.

–Pero ahora estás con un chico.

–Sí.

Estaba con un chico, exacto. No era tan inmadura como en el pasado. A pesar de su ostentosa juventud, había crecido.

–Está bien que hayas recapacitado.

–¿Recapacitado?

–Bien hecho.

No es que ese niño ruidoso con tatuajes me cayera en gracia. Pocos hombres caen en gracia. Pero era un avance en su vida. Un cambio importante. ¿Lo echaría de menos? El estar con otra chica, ¿lo echaría de menos? A lo mejor por eso quería limpiar en mi casa. Quería estar cerca de mí para poder acariciar de nuevo el deseo, aunque solo pudiera hacerlo con las manos enfundadas en unos guantes de goma.

¿Se parecía a mí su anterior novia? Quizá solo estaba aquí por eso, quizá limpiaba en mi casa porque yo le recordaba a ella. O quizá ya tenía suficiente con su nuevo novio. Su nuevo novio, con el que, ahora lo recordaba, hacía tiempo que se había peleado. Se había enfadado con él como nos enfadamos ella y yo a veces. ¿Acaso se parecía a mí el chico?

–¿Es como yo, tu chico?

–¿Cómo tú?

–Como yo: si él también tiene rizos o mi color de piel, por ejemplo.

–No es blanco, no.

El chico no era como yo. Me miré las manos. Sin tener en cuenta las manchas marrones y las hinchadas venas azules, eran de una sobria claridad.

–Me cuesta imaginarlo así.

–¿Negro?

–Diferente a mí.

–¿Por?

–No lo sé. Pensé que quizá te gustaría alguien más parecido a ti.

–Eso no está bien, Olvido.

–¿El qué?

–Pensar que porque yo sea blanca no debo estar con alguien que no lo sea.

–No me refería a eso.

–Bueno.

–¿Te ha molestado?

–No te preocupes.

Silencio.

–Si te molesta lo que digo puedes irte, ¿eh?

La chica resopló divertida antes de responderme.

–Eso es discutible, ¿no crees?

–¿Es que no quieres estar aquí?

–Claro que sí.

Su respuesta me reconfortó. Me hizo ilusión, en realidad.

–Sabes que en cualquier momento puedes irte.

–Lo sé.

–De hecho, ¿por qué no te has ido aún?

La chica me miró como si la hubiera retado. Luego sonrió pícara y sujetó su barbilla con el pulgar y el índice derechos, fingiendo teatralmente estar pensándose la respuesta. Entonces sentenció:

–Porque me caes bien.

Una especie de efervescencia me embriagó de emoción. Le caía bien a la chica, después de todo. Cómo iba a echarla de casa, a rechazarla. Era joven y desprendía amor. A no ser que lo suyo fuera deferencia y me intentara embaucar, como tantas otras veces. No conseguía borrar de mi mente la idea de la chica rondándome, haciéndome minuciosamente la cama. De hecho, es lo que hacía en mi casa. Algo en ella me violentaba. Esa gracia en el cuerpo, esa ligereza que me contaminaba. Al fin y al cabo, la chica seguía aquí. Limpiando mi casa, limpiando mis cosas, febril, tocando mis cosas, oliendo mis cosas.

Oliendo, como ella olía ahora, a estiércol dulce. Se notaba que llevaba un buen rato trabajando cuando empezaba a oler así de fuerte. Ese olor a hongo que me invadía y no contento con disgustarme me aturdía y me atraía y a la vez me repelía.

Su olor corporal a veces me confundía.

Estaba a pocos pasos de la habitación, podía adelantarme, llegar a la puerta y encerrarme antes de que la chica se fuera de mi casa. Así no tendría que someterme a esa atención que la chica parecía buscar sin descanso. Parecía que la buscara porque era una buscona.

–Buscona.

Me levanté de golpe, y mientras llegaba a la puerta de la habitación, que daba al saloncito, la chica me preguntó si estaba bien. Yo le dije que sí. Sin más. No necesitaba más explicación que esa, ya tenía suficiente con ese olor a queso, trampa para ratones inocentes.

–Olvido… ¿Qué pasa?

–Lo que pasa es que hueles que das asco.

PELO EN LA SOPA

Ya estaba terminando de limpiar, pero se sentía agotada, así que aparté la silla libre de la mesa y le propuse que se sentara conmigo. También le serví un vaso de agua. Vaciló un momento, pero al final prefirió no hacerme el feo. Las puntas de su pelo acariciaron la madera del respaldo y permanecieron en contacto con la silla hasta que se hizo tarde. Antes de eso hubo un par de miradas melosas que aún recuerdo hoy.

–¿No es un poco incómoda esta silla?

Se me olvidó su pregunta en el mismo momento en que la hizo. Me descubrió ensimismada en sus manos, en esos dedos con nuevos pliegues y aclarados por haber estado en contacto con los guantes húmedos tantas horas. Ahora sus manos se parecían a las mías, pálidas, arrugadas, hinchadas. Solo que el hechizo que afectaba a las suyas se desvanecería en pocas horas y el mío solo se desvanecerá cuando yo lo haga.

Ese día la chica tenía los ojos enormes, brillantes y llorosos por el cansancio. La piel suave y trémula. Si no hubiera hecho buen tiempo habría dicho que tenía frío. Me pregunté si la joven habría dormido las horas necesarias ese día. Pensé en cómo habría sido su noche anterior, seguramente divertida, con el novio. Me contuve de preguntarle.

–¿Dices?

–Esta silla. Es un poco incómoda, ¿no?

–Ah, ¿sí? Antes no lo era.

–A lo mejor se ha vuelto incómoda con los años.

Igual que la gente mayor, pensé. Pero no lo dije en voz alta porque su última respuesta vino acompañada de una risita sin fuerza que me pareció muy dulce. En vez de eso la miré y la complací con una sonrisa. Luego permanecimos en silencio un buen rato y lo aproveché todo para observar algunas cosas. Por ejemplo, observar la peca que tenía en el hombro desnudo. Por ejemplo, observar que tenía una oreja un poco más grande que la otra. Por ejemplo, observar que ella también me observaba, con una mirada concentrada. Una mirada de interés, reconfortante.

–¿Vamos a dar un paseo?

No entendí el origen de esa pregunta. Por qué la hacía ahora o por qué había pensado la chica que sería una buena idea salir a pasear, a esas horas rezagadas de la tarde.

–¿Un paseo? No.

–Es que… te veo salir muy poco de casa. Bueno, ¡en realidad creo que nunca te he visto fuera de estas paredes!

–Salgo cuando tú no estás.

La chica percibió mi cuerpo tenso y para compensar acercó su mano a mi brazo, posándola en él. Me tocó el brazo. Noté la ternura que desprendía la caricia. Nadie habría creído que esas manos hubieran sido vestidas de látex minutos antes.

–¿Y por qué no sales más?

–Por vieja.

–¿Por vieja?

–Odio que la gente me hable de usted.

–Qué bobada.

Silencio. Yo no digo bobadas. No soy una boba. Espero que la chica no pensara eso de verdad.

Se lo intenté explicar bien.

–Un día fui a comer a un restaurante. En la sopa había un pelo. Se lo dije al camarero. Me dijo disculpe, señora, pero ese pelo es de usted. Le dije que a mí no me hablase de usted y que quería hablar con quien mandase allí. Vino la encargada. Me dijo disculpe, señora, pero ese pelo es de usted. Le dije que yo no tenía el pelo blanco. Me dijeron que sí, sí lo tenía blanco. Me negué, no, no lo tenía blanco. Se me quedaron mirando. Me acabaron cambiando el plato.

–¿Adónde quieres llegar?

–Sí que tenía el pelo blanco.

–Ah.

–Luego me miré en el espejo del baño y sí que lo tenía blanco.

–Ya.

–Por eso no salgo de casa.

–¿Por un mal día ya no sales de casa?

La miré e intenté sonsacarle la razón de su interrogatorio, tan estúpido que empezaba a ser pesado. Solo encontré en sus ojos el mismo terciopelo que minutos antes. Así que me esforcé un poco más.

–Ya no gusto a los hombres. Ni siquiera sé si les he gustado alguna vez. Ni maquillarme sirve. El maquillaje no deforma la piel, no la tersa. Solo la redibuja. No es suficiente. Un día me di cuenta de que tampoco quería gustarles. Para qué salir entonces.

–¿Los hombres? No me esperaba esa respuesta de ti. De hecho, ojalá pudiéramos pasear sin hombres merodeando por ahí fuera, ¿no crees? Mirándonos todo el rato.

Me reí. Es fácil engañarse siendo mujer. Te enseñan a hacerlo. También te enseñan a convivir con una constante contradicción. Una lucha entre lo que te gustaría querer y lo que quieres realmente. La chica me preguntó cariñosa por qué me hacía gracia.

–Cuando eres joven odias que te miren por la calle. Cuando eres vieja te preguntas por qué ya no te miran.

Siempre hemos necesitado agradar, las mujeres. Nos enseñan a hacerlo. Nos enseñan a necesitarlo. Necesitarlo por encima de todas las cosas. De hecho, no solo los hombres son grandes maestros en esta tarea, en la tarea de provocar esa necesidad, sino que las propias mujeres lo son, a ellas también se lo han enseñado otras antes. Y eso es lo peligroso. Porque las mujeres nos enseñan sin percatarse, como si el querer gustar a los hombres se tratara de una herencia genética. Nos enseñan cuando tenemos trece años y nos dicen aquí va el colorete. Para pintarte los labios abre la boca así, ¿ves? Esto es rímel, no te pases con él. El secreto de un buen maquillaje es que no parezca que llevas maquillaje. O cuando dicen con esas pintas no vas a conseguir novio. O cuando te aconsejan que compenses la cena de anoche con un desayuno ligero. O cuando dicen ¡qué guapa con este vestido! ¡Así sí! Pero estos pelitos de las piernas habrá que quitarlos, ¿no? O cuando preguntan ¿tienes novio ya? O cuando dicen tienes que ser más pícara, que eso es lo que les gusta. O cuando no dicen nada pero son ellas las que llevan ese maquillaje, huyen de esas pintas, compensan la cena de ayer, visten ese vestido, se depilan esas piernas, intentan ser pícaras, y entonces nadie te hace ni puto caso a ti. Siempre hemos necesitado agradar, las mujeres. Siempre, porque no hemos conseguido gustarnos a nosotras mismas. No nos gustamos nada y siempre queremos ser otra completamente distinta. De hecho, me atrevería a decir que las primeras personas que odian a las mujeres son las mujeres mismas. Nos odiamos y buscamos la mirada ajena para odiarnos un poco menos. La mirada del hombre es magnética y nuestra imagen genera una fuerte atracción. Pero no solo esa imagen les interesa, a los hombres. Las mujeres también nos enseñan a agradar cuando sus maridos discuten con ellas y ellas no discuten de vuelta. Nos enseñan cuando son condescendientes, fingen una voz aguda, como de niña indefensa, dicen a todo que sí, se ríen de chistes de mierda. Nos enseñan en la televisión, en la radio, en la calle, en la escuela o con los juguetes. Nos enseñan en todos lados. Se empeñan en hacernos entender que es muy importante aprenderlo. Es muy importante gustarles. A ellos. Y por encima de todo, es muy importante que ellos no se den cuenta de que queremos gustarles. Parecer seguras y naturales durante el empeño de ser versiones mejoradas de nosotras mismas. Parecer perfectas sin esfuerzo aparente. Porque eso es lo que quieren los hombres, los hombres, los hombres. Porque si no lo aprendemos, no estaremos con ninguno. Y eso es lo peor que le puede pasar a una, *esa* soledad. Da igual que tengas una familia que te quiera, no importa que tengas buenas amigas, qué más da si has conseguido lo que te proponías en la vida. Si no aprendes a gustarles, no habrás conseguido nada. No serás nadie.

–Dudo que cambie de opinión cuando me haga mayor. Ya te lo confirmaré cuando sea vieja.

Nos reímos. Me agradaba cuando la chica pensaba así. Sus mejillas sonrojadas, como si hubiera bebido. Sería el olor a lejía constante. A veces su pierna rozaba la mía. La mesa es pequeña.

–En realidad…

–¿Sí?

–No es por los hombres.

–¡Ya decía yo!

Reparé en las pocas veces que había salido de esta casa. También en lo fácil que fue esconderme en ella la primera vez. Esconderme con mi madre. Tantos días, tanto miedo a que nos descubrieran. Ratas con miedo a los zarpazos. Con miedo a estar en el barrio, con miedo a estar fuera de él. Al principio me costó el cambio, pero acabó por no importarme sustituir la cálida cama en casa de mi padre por el modesto sofá en un ático frío y solitario. Tampoco tuve otra opción, no estaba en edad de decidir. Recuerdo la primera vez que mi madre me hizo la cama aquí, en el sofá, y acomodó como almohada uno de los cojines que veo ahora. Recuerdo cómo me picaba la cara por las mañanas, al separarla del tejido áspero. Nunca se lo dije. Recuerdo la primera mañana, la leche del desayuno, el dolor de tripa. Eso sí se lo dije. Y a la mañana siguiente, recuerdo leche de vaca otra vez. Recuerdo horas y horas sola, esperando a que volviese a casa. Recuerdo o creo recordar.

–Para qué salir cuando ya no se tiene a quién visitar.

La joven, que me estaba mirando, dejó de hacerlo y tragó saliva. Sin darse cuenta, apoyó la rodilla izquierda en mi pierna derecha. ¿O sí se daba cuenta? Noté un poco de calor en el muslo. Se recogió con la mano un mechón de pelo y lo llevó detrás de la oreja grande. Luego decidió cambiar de tema.

–¿A qué te dedicabas tú, Olvido? Nunca me lo has comentado.

Secretaria. No, conductora de autobús escolar. No, ministra de Asuntos Exteriores… o modista. Obrera en una fábrica de bombillas. Psicóloga. No, no, profesora de primaria. Trabajadora sexual. Camarera.

–Nunca he tenido marido, así que nunca he tenido trabajo.

La joven se rio, pero supe al instante que esa respuesta la había incomodado. Lo noté porque había aprendido a reconocer su lenguaje corporal, me había habituado a él. Bajó la mirada al vaso de agua y lo rodeó con las dos manos, apoyadas al mismo tiempo en la mesa. Dudo que le haya incomodado lo de no tener marido, pensé. Quizá sentía que me conocía poco y eso era lo que le desagradaba. Seguramente fue que se dio cuenta de la escasez de mi vida. O a lo mejor solo tenía ganas de irse a casa.

–Por si te lo estás preguntando, nunca he conocido a un hombre con el que estar. Bueno, de hecho, nunca he conocido a un buen hombre. Es difícil encontrar a uno que no sea idiota.

–Entiendo lo que dices, pero ¡algunos hay!

No estaba de acuerdo con la indulgencia de la chica. Hay que permitirse odiar a los hombres. Sin culpa. Con naturalidad. Como respuesta común, el odio. Odiarlos igual que odia el perro temeroso a quien lo ha apaleado tantas veces. Nadie discutiría a ese perro el gruñido hacia el hombre violento. Nadie discutiría a ese perro, porque su ataque es en realidad una defensa.

Hay que permitirse odiar a los hombres. Y qué placentero saber que cada vez hay más mujeres que los odian. Odian a los hombres porque son ese perro apaleado despertándose después del golpe. O los odian porque son ese perro al que no han apaleado aún, pero que teme el golpe.

Siempre he pensado que si a la mayoría de las mujeres les ha pasado *algo* con un hombre es comprensible que la mayoría los odie –o los tema, al menos–. Pero si la mayoría los odia, ¿ese odio es algo que cabe destacar? ¿Es algo de lo que alguien deba quejarse? ¿Es algo señalable? ¿O es, simplemente, como quejarse de que en otoño las hojas caducas de los árboles caen? ¿Como protestar porque si no comemos tenemos hambre? ¿Como lamentarse de que una molécula de agua esté compuesta por dos átomos de hidrógeno y uno de oxígeno? Nadie reprocha el odio del perro apaleado. La sorpresa sería que las mujeres no odiaran a los hombres. Lo extraño sería que las mujeres les perdonaran ese *algo*. Que aceptaran ese *algo*. Que normalizaran ese *algo*. Pero odiar… Odiar a los hombres es habitual porque también es habitual que los hombres no nos traten bien.

–Los hombres son como los zánganos. Solo están aquí para follar, y aparte de eso no les interesamos para mucho más. Bueno, sí: para hacernos más difícil la vida.

–¿Qué me dices de tu vecino?

–¿Qué vecino?

–Tu vecino, el del ático.

Entrecerré los ojos. No caía.

–Olvido, el chico que nos puso en contacto para que viniera a ayudarte, ese tan majo.

Con los hombres se tienen parámetros distintos para medir las muestras de afecto. Una vez a mi padre le tocó poner la mesa a regañadientes porque a mi madre le dolía mucho la cabeza, y ese día mi madre me dijo ¡es que cómo me cuida este hombre!

Lo he visto también en otros casos. Cuando un hombre hace algo que normalmente no hace, como ir a recoger a su hija al colegio o hacer la cama, parece que ese hombre haya hecho mucho, mucho. Cuando un hombre abraza a alguien o llora, pensamos qué hombre tan sensible. Cuando un hombre en vez de ser pasivo se preocupa por cosas que no le atañen, entonces ese hombre es un hombre íntegro, empático, buena persona.

Si una mujer pone la mesa nunca pensamos de ella que es íntegra, empática y buena persona. Simplemente vemos cómo pone la mesa y pensamos: Está poniendo la mesa.

–Ya, sí. Algunos hombres, pocos, me hacen la vida menos difícil. Pero son las mujeres las que me la hacen más fácil.

–Bueno, puede que tengas razón.

–¿Por qué eres siempre tan flexible?

–Hablas desde la experiencia. Por eso te hago caso.

–No. Hablo desde la costumbre. Desde los actos repetidos sin meditar. No hay peor justificación que la de hacer las cosas por tradición.

La chica volvió a sonreír. Nos vemos mañana, me dijo. Se levantó y su pelo me rozó la mano.

–¿Por qué no te quedas un poco más?

Se lo pregunté intentando esconder el ansia. Me respondió ¡Ya es muy tarde!, y rio dulcemente.

–Claro, nos vemos mañana.

La acompañé al recibidor con una sonrisa rígida, de esas con las que después de cerrar la puerta tienes que bajar las comisuras de forma consciente. Mañana, nos vemos mañana.

MANOS OCRES

Hay una higiene en la juventud que la vejez no logra falsificar. Igual que una casa antigua que una vez barrida, limpia de polvo y fregada, sigue pareciendo sucia. O como esos pisos de obra nueva que, por muchas limaduras de madera o manchas de pintura que tengan, siguen pareciendo clínicos, asépticos y de una pureza infinita. ¿Dónde se encuentra el punto crucial, la dislocación entre lo que brilla y lo que ya no? Debe de haber un momento en que lo joven se descoyunta del cuerpo y las cosas empiezan a arrugarse.

¿Cuándo empieza algo a verse sucio, usado? ¿A medida que se usa? ¿Cómo se hacen viejas las cosas? Si se rompen es más fácil saberlo. Si se rompen, parece que se llenan de polvo al instante. Si haces bailar un martillo junto a una pared recién pintada, si lo haces bailar muy fuerte, los socavones que dejará habrán cumplido el objetivo. El objetivo de la vejez. Pero si algo no se quiebra ni lo más mínimo, si no se utiliza, cómo saberlo. Cómo saber cuándo pasa.

A lo mejor algo que no se rompe se acaba rompiendo de no ser usado. Lo que está en desuso suele acabar acarreando una mala imagen. Es decir, para hacer viejo algo con lentitud únicamente hay que dejarlo quieto.

Pero para hacer viejo algo de forma súbita hay que darle golpes.

Meditando sobre estas ideas perdí la noción del tiempo y del espacio. Recobrarlas fue como abrir los ojos después de una profunda siesta. ¿Dónde estaba? Reparé en el lavamanos delante de mí, tan cerca. Bajé la vista y vi mis dos muslos desnudos, apretujados encima de la taza del inodoro. Fue en ese instante cuando me percaté de la humedad en mi sexo y en mi trasero. Luego llegó ese olor a mierda, como si no hubiera estado allí todo el tiempo. Estoy en el baño, me dije, y me forcé a pensar cómo había llegado allí, como quien intenta recordar lo que comió ayer. Un ruido de platos me activó.

La chica está en casa, me recordé. No sabía cuánto tiempo llevaba allí dentro, en el baño, pero debía salir ya si no quería que la chica entrase.

Cerré la puerta al salir, porque no recordaba si había tirado de la cadena. Volverse para comprobarlo me haría parecer ridícula, así que simplemente llegué al sofá y le robé el sitio a uno de los cojines. Veía algunas partes de la chica reflejadas en los vasos de cristal de la cocina, que iban siendo ordenados en la estantería. Ella parecía esconderse detrás de la pared. Solamente su mano y algún mechón de pelo sobresalían por la esquina de yeso. Al final, cuando terminó de colocarlo todo, volvió a aparecer en el saloncito. Su piel.

Se plantó en la sala con los brazos en jarras y primero me miró a mí y segundo miró hacia el baño. Yo me tensé y pensé en decirle algo, algo para que no entrara en el baño, algo para que no abriera la puerta, porque ¿para qué tenía ella que mirar allí?, ¿acaso quería mear, después de haber meado hacía menos de una hora?, qué forma de gastar papel, ¿había tirado yo de la cadena?, por favor, que esté todo limpio, ¿por qué estúpida razón no lo había comprobado? No se me ocurrió cómo pararla y la joven fue directa a la puerta. Abrió y, como era de esperar, entró.

Desapareció unos instantes y agucé el oído. Intenté fingir sosiego, pero no me salió demasiado bien. Fijé la vista en un punto cualquiera y la fui siguiendo con las orejas. Sus pasos encima de las baldosas. La porcelana de la tapa del váter golpeándose con el tanque de la cisterna. Luego no oí nada. Nada de nada. Me la imaginaba quietecita, bien quietecita delante del váter. Mirando todo lo sucio. Manchas de mierda en el váter y ella mirándolas. Me la imaginé unos instantes hasta que la vi salir del baño y ya no hizo falta la imaginación. Todo debía de estar en orden. Suspiré y sentí mis pulmones llenarse de un agradable aire.

Pero no estaría hablando de esto si la chica, después de llegar de nuevo a la cocina y coger una bayeta, no hubiera vuelto al baño, si yo no hubiese oído cómo frotaba el asiento del váter, luego cerraba la tapa con contención, un sonido muy pequeño y brevísimo pero tan dañino para mí, si no hubiera oído cómo frotaba la pared, frota que te frota la pared, y no la hubiera visto volverse hacia el lavabo, abrir el grifo del agua caliente, limpiar la bayeta de esa vergüenza ocre, sus manos ocres, el agua ocre.

Dos viajes váter-lavabo tuve que aguantar. Mis manos desentumeciéndose de tanto apretarlas una contra otra, mi mandíbula dolorida.

Supliqué a la chica, dentro de mí, para que no comentase nada de lo ocurrido. Por favor, por favor, por favor, no me digas que me he cagado fuera, por favor. Si las cosas no se hablan, no requieren de tanto dolor y esfuerzo, se olvidan con mayor facilidad. Me miré las manos presa de la intuición. Me percaté de algunas manchas marrones en la piel como pecas nuevas. No lo pensé dos veces, me escondí las manos entre los muslos y fingí estar limpia. Limpia como la chica.

Después de limpiar, la joven volvió a su punto inicial, en el saloncito. Sus brazos otra vez en jarras y una sonrisa dirigida a mí.

VUELO NUPCIAL

Mi padre llevaba siempre una visera y arreglaba coches y solía manchar de grasa todo lo que tocaba con sus manos. Manos de grasa de grasa las manos. Manchaba el sofá y manchaba la mesa del comedor. Manchaba un pomo y manchaba una pared. Manchaba la pica y manchaba mis muslos. Había días que la grasa era tan densa que no podía quitármela ni con jabón. Había días que hasta el beso de buenas noches se me quedaba pegado en las mejillas. Iba al colegio con los muslos pegajosos y la falda del uniforme adherida a las piernas. Cuando llegaba a casa, mi madre me miraba desde la cocina, veía toda esa grasa en mi cuerpo, pero no decía nada y yo aceptaba ese silencio tan habitual.

Una tarde no me sentía bien, me dolía la tripita, la tripita y la cabeza. La tripita me dolía porque iba y venía siempre preocupada y esa preocupación se me acumulaba en forma de bola por dentro y encima del ombligo. Ya que no sabía cómo curarme, me esforcé por acercarme a mi madre y, envuelta en una atmósfera pesada, como de mantequilla, intenté con todas mis fuerzas untar en el silencio mi preocupación.

–Mamá, ¿por qué siempre voy con los muslos manchados de grasa?

No quería hacer exactamente esa pregunta. La vergüenza me privaba de las palabras directas.

Aun así la respuesta era la misma y yo ya me la sabía.

También me hubiera gustado poder cambiar la respuesta. Que no fuera exactamente la que me rondaba por la cabeza. Quería poder cambiar la respuesta por otra, igual que podemos elegir una palabra u otra al hablar, y que mi madre me diera otra explicación diferente a la que ella barajaba. Quería estar equivocada, te equivocas, Olvi, no es eso, seguro que no es nada de lo que imaginas. Quería una respuesta que fuera más lógica, más fácil y más comprensible. Una respuesta para mi edad. Una que no me hiciera sonrojar ni me hiciera llorar de camino a clase. Una respuesta curativa que me quitara el dolor de tripita y de cabeza, que me hiciera sentir un poco mejor.

La madre miró a la hija perpleja, enmudecida por una sonrisa gastada. Como si estuviera pensando la respuesta. Un trapo de cocina en las manos.

–Seguramente lo de tus muslos no sea grasa, sino resina.

–¿Resina?

–Sí, resina de los árboles que rodean el patio de casa. Los árboles, ¿los ves?

Mi madre los señaló por la ventana. Vi a través del cristal cuatro árboles tristes y secos salpicados por la tierra. Luego prosiguió.

–En esos árboles siempre hay muchas hormigas. Hormigas como tú.

–¿Yo soy una hormiga?

–¡La mejor! ¡Una hormiga reina!

No cabía en mi asombro. Me sentí tan insatisfecha...: nunca

habría imaginado que la conversación pudiera abrirse camino por un sendero que ni existía. Volví a notar en el cuerpo ese silencio mantequilloso. Ya no me apetecía estar en la cocina con mi madre, me apetecía estar de nuevo en el colegio. En el colegio sin mi madre ni mi padre ni la grasa de mi padre. Cuando hice ademán de irme a mi habitación, mi madre prosiguió nerviosa, como si aún no hubiera terminado de responder. O como si hubiera querido responder otra cosa y quisiera volver a intentarlo.

–¿Sabes esos días en que hay tantas hormigas volando por el patio? Esos días cuando deja de llover. Eso pasa por el vuelo nupcial.

Silencio.

–Pasa cuando la hormiga reina y las hormigas macho, los zánganos, salen de sus nidos para hacer el rito de apareamiento.

–¿Y por qué?

Mi madre enmudeció de nuevo. Estaba cansada, pero apenas se le notaba. Cuando una está cansada siempre, parece que ese sea su estado natural. El camino que había elegido para la conversación estaba embarrado, pero ya no había vuelta atrás, había que seguir y mancharse los pies.

–No sé. Para tener más hormiguitas.

–¿Más?

–Ya, yo también pienso que hay demasiadas. Pero lo hacen porque es su instinto. Los zánganos, por ejemplo, solo están esperando ese momento. Antes parecen adormilados y lentos. Y ese día dedican todas sus energías a ese vuelo nupcial donde la reina tiene que ceder, porque no hay otra opción. A veces los zánganos son bruscos y violentos con ella, pero ¡es solo un ratito! Luego, total, se acaban muriendo. Solo hay que esperar a eso, a que se mueran.

Mi madre giró la cabeza hacia la ventana y su cuello desveló un curioso moretón que no había percibido antes. Las venas de sus manos empezaron a hincharse al apretar demasiado fuerte el trapo. A mí cada vez me dolía más la tripita, y tenía ganas de sacar ese dolor, al menos un poco, por los ojos. Pero desde que un niño idiota se había reído de mí por llorar un día en clase, me daba vergüenza hacerlo delante de la gente. Así que, en lugar de eso, mi cuerpo me agitó por dentro con una rabia que notaba que me picaba en la piel.

–¡Yo no soy una hormiga reina!

Ella obvió el grito y empezó a secar algunos platos recién fregados. Súbitamente abstraída, como si el cansancio se la hubiera comido por dentro. Percibí ese estado tan común en mi madre y decidí sentarme delante de la nevera, a esperar, como otras veces.

Pasamos varios minutos en silencio. Ahora el ruido constante de la nevera parecía oírse más fuerte. El sol, cada vez más débil, resbalaba del fregadero al suelo. Para contrariar al aburrimiento, fui posando los ojos en distintos objetos de la casa. Trataba de mirarlos como si fuera la primera vez –y quizá lo era; a veces una no se da cuenta de las cosas que conviven tan cercanas a ella–: un tarro de aceitunas lleno de arroz, una lámpara de techo de acero con forma de platillo verde pino, una mancha de humedad, la visera roja y blanca de mi padre. Descansé la mirada allí, en el rojo y el blanco tan nítidos, seguros de sí mismos. A pesar de haber insistido en varias ocasiones, mi padre nunca me había dejado llevar su visera. Ni siquiera probármela. Se me ocurrió que, en cuanto acabara la conversación con mi madre y antes de que mi padre llegara a casa, podía ponérmela. Intenté fijar ese objetivo en mi mente, pero en cuanto mi madre habló, la idea se esfumó y ya no volvió. Y la madre, de espaldas a su hija, se esforzó en unas últimas palabras.

–Yo también lo soy. O lo era. No te preocupes. Todo pasará.

–¡Tú no eres una hormiga reina! ¡Tú eres mi madre!

–Olvi...

Intenté calmarme, pero no podía. No entendía nada. No entendía a mi madre y su falta de protección. Mi cabeza, el calor, la tripita. Ella percibió mi malestar y se agachó ante mí para abrazarme. La rechacé.

–Mira, Olvi. Lo que a nosotras nos parece molesto o desagradable, para un zángano no es más que un despiste. La naturaleza es así, no se puede cambiar. Pero sí podemos esperar a que el zángano se muera.

LA CANA Y EL REFLEJO

Un día me di cuenta de que la chica llevaba viniendo tanto a casa que ya no conseguía acordarme de cuánto. Ignoraba si eran diez días o diez meses. Hacía tiempo que le pedía que me trajese té en vez de café cuando iba a comprar, porque sabía que era la bebida que ella prefería. Hacía tiempo que la joven se quedaba a tomar ese té conmigo. A veces venía por las tardes, a veces por las mañanas. A veces limpiaba la casa y a veces me limpiaba a mí. Eso es lo que recuerdo.

–¡Esta mañana estás como saltarina! Me alegra verte contenta.

Yo le respondí haciendo una reverencia, un gesto descuidado que se formó solo, sin pensar, pero que luego me avergonzó por su rareza. Ella pareció no percatarse de mi creciente incomodidad, y antes de que se expandiera por todo mi cuerpo, decidió extirparla con una risita delicada. Me preguntó si me acababa de levantar y le dije que despertarse tarde era lo mejor. ¡No ves que así ya tienes la mitad del día hecho! Esa risita otra vez.

La mañana emprendía llena de abundancia de esas cosas fáciles y bonitas y tan escasas a veces. Me descubrí dócil e ilusionada. Con ese optimismo que recubre el cuerpo como un mejunje, como un remedio al dañino entorno. Ya no me sentía acosada por la idea de su juventud.

–¡Hala! ¡Tengo una cana! Mira, Olvido: ¡una cana!

Reflejándose en el espejo del baño, un pelo claro se distinguía del resto. Me acerqué a ella y miré el reflejo. Las manos ansiosas de la chica seccionaban la melena oscura buscando otras alteraciones, sin éxito. Era como si la joven se lamentase por solo tener una cana, como si estuviera deseosa del avance del tiempo.

–Disfrútala. Hay un momento en que estos cambios dejan de hacer ilusión.

Vi por el espejo que la chica viraba su cuerpo hacia mí. Me giré para devolverle la mirada. Nos encontramos frente a frente. A pesar de las diferencias corporales, teníamos la misma altura. La chica estaba hecha a mi medida.

Como un pavo real en época de celo, su melena mullida se pavoneaba muy cerca de mí, abriéndose, densa, ampliándose, casi envolviéndonos a ambas. La chica tocó mi pelo escaso, endeble y oxigenado como la espuma. Lo tocó con una de esas caricias sencillas y divertidas que solo le pertenecían a ella. A ella y a mí. Yo no evité la comparación. El aparatoso contraste entre un pavo real y un puñado de espuma. Pero estaba recubierta del mejunje optimista: no me importó.

–Soy consciente de que no he envejecido con dignidad.

Lo dije como decía y hacía las cosas ese día: sin pensar. Me estaba dejando llevar, flotando en un inmenso mar de confianza reconfortante.

–Claro que sí, Olvido.

–No. Y no me mientas. No me mientas porque me da igual.

La chica no sabía cómo actuar, qué decir. Optó por seguir acariciándome el pelo. Estábamos de pie, mirándonos a la misma altura, tan cerca que notaba el calor de la piel ajena.

–Envejecer con dignidad… ¿Por qué debería? Como si envejecer fuera algo malo y solo me quedara hacerlo cuerda y suave.

–Pues sí.

–Pasillo de piel, / la vergüenza inminente. / No aprendí a amar.

–Qué bonito, Olvido. ¿Es tuyo?

–Pues no lo sé.

–Es precioso.

Salió de mí un suspiro contenido. Hablar con la chica me preservaba de la vejez absoluta. Por timidez, me giré otra vez hacia el espejo y la miré allí, como si mirar a la chica a través del reflejo me alejara un poco de ella, como si dejara de estar tan pegada a su cuerpo, como si así se enfriara el calor que ella me confería. La joven me imitó y nuestras miradas se encontraron en el espejo. Pensé que nuestra postura en ese momento era idéntica. Brazos distendidos, cuerpo de frente. La chica podría haber sido un reflejo de mí misma, si no fuera por la vejez que acarreo y su juventud duradera. Si nos pareciésemos más, podría haber sido un reflejo de mí misma.

–Con mi piel he tenido mala suerte, si te fijas.

La chica se inclinó hacia el espejo y se puso a destacar con las manos sus irrelevantes imperfecciones.

–Empiezo a notar ya las primeras arrugas adultas. Mira: aquí en los ojos o aquí en las comisuras o en la nariz.

Se manipulaba la cara con los dedos, estirándola, masajeándola.

–¡Y aun teniendo ya las primeras arrugas, sigo con granos! Es como si se me hubiera juntado la pubertad con la adultez. Parece que a pesar de estar envejeciendo nunca vaya a dejar de ser adolescente. Se me acumulan las imperfecciones, ¿ves? Nada me deja en paz, nada se despide.

Nada se despide, dijo. La cándida chica no lograba comprender el dolor. De ahí el afán por que la abandonaran las cosas. La necesidad de cambio constante. Lo doloroso de las pérdidas; ella no sabía lo que era eso. No había tenido tiempo aún de ver a sus seres queridos envejecer, a esas plantas marchitarse. No se había visto obligada a arrancar nunca una de su maceta por no encontrar ya más enmienda que la muerte. Ya vendría, ya, ese afán adulto por conservar todas las cosas.

Esta juventud… tanta belleza pasada por alto. Como si un grano fuera un problema para la tez tersa. O esa melena pesada, de una espesura envidiable, que parecía que no iba a caerse nunca. Esta juventud… inseguridad violenta.

–No te das cuenta, pero hablando así desprendes violencia.

–¿Yo? ¿Violencia?

–La belleza siempre es violenta. Al menos, siempre violenta a la fealdad.

–Yo no me considero guapa.

No sabía lo que poseía en su rostro, la chica. En su cuerpo. No lo sabía. O a lo mejor es que hablaba detrás de una inseguridad postiza. A lo mejor fingía no gustarse a sí misma para no desentonar conmigo. Quería sentirse más cerca de mí, quería poder jugar, de alguna forma, al juego de la debilidad.

–Tienes tanta belleza que estás contaminada de ella. No te deja ver las cosas con claridad. Yo estoy más distanciada de la belleza y puedo ver cómo eres. Eres muy guapa, niña.

La chica seguía mirándome a través del espejo. Ladeó levemente la cabeza y me regaló una sonrisa tímida. Al momento me dio un pequeño codazo, muy suave, en el brazo.

–¿Qué ocurre?

–Nada. Te estoy diciendo te quiero con el codo.

De repente la felicidad se apoderó de mí.

LA PIEL ENVUELTA POR LA PARED

Los cuadros puntiagudos, rectos y sólidos. Colgados en el pasillo o en el saloncito o en la habitación. Las piezas decorativas de cerámica, duras, frías y sobrias. Se les ha prometido un largo descanso en las estanterías del baño. Los muebles densos por todos lados. Es de extrañar entonces que, si todo en la casa tiene una condición estable y permanente, yo sea todo lo contrario. Esta vieja es un compuesto orgánico, arrugado. Una capa seca y finísima por fuera y un potingue glutinoso por dentro. Algo vivo rodeado enteramente por todo lo que no lo está.

La nevera es un ataúd frío frío. Si me metiera dentro, sacara los yogures que a veces saben a brócoli y el brócoli que a veces sabe a yogur; sacara los cajones transparentemente sucios y el brik de leche sin lactosa... Si me metiera dentro y no saliera, moriría y no habría que comprarme un ataúd.

Moriría como quiero morir, limpia, sin agujeros. No me arrebatarían mis arrugas y mi piel de papel crepé los gusanos de tierra.

No parirían dentro de mí hormigas de la piel ni mi boca sería la entrada de centenares de ellas. No sería abono asqueroso ni crecerían de mí cosas que ni yo misma puedo imaginar.

Moriría fría y plácida. No como mi madre, que ahora puede que sea una col.

De un lado para otro, no hago más que pasearme por las habitaciones viables de la casa. A veces mi cuerpo improvisa y tose roncamente, se atraganta, tropieza. No hace más. Paso mucho tiempo en casa. Sola. Mucho tiempo.

Antes temía lo estéril. Lo chispeante de los huesos viejos cuando se topan entre sí. La vela que se apaga y no puede volver en sí porque la cera se ha agotado. Ahora solo temo la cola de lagartija.

Me dice el gato que también temía a la chica. Me lo dice como si no lo supiera. Sí. También temía a la chica. Tantas veces me he preguntado el porqué. Quizá porque tenía parecido con los hombres. O porque tenía vello en sitios donde las mujeres lo evitan. Tenía pelo como el gato. En las axilas, en las piernas, en la vulva tal vez y un poco en el bigote. En el bigote, pero en nada se parecía a ellos si la mirabas bien, si la veías andar o la escuchabas hablar. En nada se parecía a los hombres. Ella, por ejemplo, limpiaba a menudo la casa. Algunos hombres lo hacen, sí. Limpian la casa. Pero pocos la mantienen, pocos están tan relacionados con ella. Puede que los hombres hayan construido esta casa, este piso. Sí, probablemente la hayan hecho ellos. Pero mantenerla no la han mantenido. La he mantenido yo, y mi madre y la chica. Mi madre, la chica y yo la hemos limpiado, la hemos arreglado, hemos vivido en ella, nuestros cuerpos le han aportado calidez. Y lo mismo pasa con la mayoría de los hogares. Los hombres son capaces de alzar una casa, pero pocos son capaces de mantenerla en pie. En pie: quizá no son capaces de eso porque suelen ocupar muy poco espacio en ella. Las mujeres siempre ocupan más espacio en una casa. Más cajoneras para más ropa, más tocador para más maquillaje, más estantes para más tipos de cremas y pastillas. Las han educado de esa forma. Les dicen los hombres: como no dejaremos que vuestro cuerpo y vuestras decisiones ocupen mucho espacio ahí fuera, podéis ocupar aquí dentro todo el espacio que queráis con vuestras cosas. Y ellas, contentas, aprovechan todo el espacio posible, todo el espacio que se les ha permitido ocupar. Muy generosos, los hombres. Mentira. Porque los hombres, a pesar de ser conscientes de esta falta de espacio fuera, a veces hasta siguen queriendo usar el que hay dentro. Y seguro que por eso se inventaron los despachos. Muy avariciosos, los hombres. No es ilógico entonces, cuando esas mujeres, además de mujeres, son gordas de cuerpo o grandes en ambición, que los hombres se enfaden con ellas, y les digan estáis ocupando demasiado espacio. Demasiado espacio en la sociedad. No hace falta que nos lo quitéis a nosotros tampoco, no os paséis. Aligerad, es mejor ser pequeñas pequeñitas como una hormiguita.

Los hombres gozan de tanta amplitud ahí fuera, tanta, que dentro de casa no necesitan ocupar mucho con sus cosas, y a lo mejor por eso sienten que su casa es menos su casa. No la cuidan tanto por eso. No existe un cariño entre el hombre y la casa. No lo necesitan. Los hombres no requieren de una habitación propia porque ya tienen su espacio en la sociedad.

Dice el gato que pasa lo mismo con él.

–Sí. Un gato como tú se adueña de la casa. Deja su olor en todas las esquinas posibles. Deja su pelo en todas las telas con potencial. Un gato como tú cuida de su casa. Por eso un gato como tú no sale de casa con facilidad.

La chica sí salía de casa. La chica hacía las dos cosas a la vez, cuidar de la casa y no ocupar espacio en ella. La chica tenía poco, muy poco. Por no tener no tenía ni enfermedad, ni miedo, ni ganas de comer lo que fuese. No tenía envidia, ni el cuerpo encogido, ni una gran fatiga encima –o eso parecía–. A mí me hubiera gustado no tener tantas cosas, igual que la chica. Dice el gato que quizá por eso me gustaba, la chica, porque yo vivía confitada en envidia. Pero a mí la chica no me gustaba. Claro que sí, responde el gato. Si no era así, ¿qué podía ser? Es insoportable lo que está diciendo el gato, insoportable. No podía estar enamorada de la chica. Pero usted veía a la joven y se le desprendía un calor ahí que le rebosaba por la vagina. Mentira, mentira. La miraba y sentía cariño, sí. Pero no pretendía quererla: eso no está del todo bien visto. Siempre he pensado que no es lo propio. No es lo propio. Aun así, es cierto, intentaba evitar sentirme de esa forma incongruente y no lo conseguía. Dentro de mí, a día de hoy, siento que hubiese sido antinatural no haberlo sentido.

Hay cosas que una debe esconder, le digo al gato a veces. Hay cosas que si las dices le cambia a la gente la percepción que tienen de una. Le decía eso, pero al cabo de las horas le hablaba sobre cómo dos personas se pueden cruzar en el tiempo y enamorarse, pero no ser correspondidas por la edad. Quizá si hubieran nacido en un momento similar, algo entre esas personas podría haber congeniado, pero el destino no lo quiso así. El tiempo, tan cruel, hizo parir a una madre antes que a la otra. Hizo que una niña viviera antes que la otra y ahora se encontraban pasados los años. Una había estado esperando durante tanto tiempo ese encuentro que ya ni se acordaba, de eso ni de nada. Y la otra, simplemente, justo había empezado a vivir.

Se manifiestan sobre las plantas, en las paredes, en el suelo y en el aire. La masiva aparición de hormigas voladoras con las temperaturas otoñales no debe preocupar a nadie. El primer día de calor después de varios días lluviosos es el momento justo en el que las hormigas de la piel salen de sus nidos para hacer lo que se denomina el vuelo nupcial.

Lo verdaderamente curioso de esta fase es que el día en que la hormiga reina sale al exterior coincide con la aparición de sus características alas, una parte del cuerpo destinada precisamente a ese vuelo de apareamiento en el que reinas y zánganos se relacionan entre sí. Después de emparejarse, la reina cae al suelo en busca de un lugar donde dejar los huevos y el macho muere. Oh… Por este motivo hay hormigas reina que pueden vivir años y años y, por el contrario, zánganos que solo viven uno.

Casualmente, el único día en que las hormigas reina utilizan sus alas es también el último día de vida de los machos alados…

COMO LAS SALSAS ORIENTALES

El olor a té me llegó a la cara después de sumergir las bolsitas en las tazas chinas. Una en cada taza, abrazaba con las dos manos la porcelana caliente por el agua del interior. Me gustaba imaginar que una taza con líquido ardiendo era como una chimenea con el fuego encendido. Debían de ser las siete de la tarde porque la chica estaba acabando de fregar el pasillo y el agua del suelo la arrinconó hasta el saloncito. El aroma de las hierbas se confundía ahora con el olor a lejía y un perfume metálico, característico de la sangre, que desprendía la chica. Ese día vino acompañada de una juventud deslucida. Pasaba cada mes, durante tres o cuatro días. Ese decaimiento y ese olor fuerte a carne cruda que la invitaban a encerrarse a veces en el baño para limpiarse.

Como ya era habitual, aprovechábamos para tomar un té antes de que el suelo del pasillo se secara. A veces nos acomodábamos tanto en las sillas que las palabras se deslizaban lentas en el aire, inmersas en un íntimo sopor que nos adormilaba y atontaba. Se reunían algunas miradas aterciopeladas y alguna que otra risita tonta, de esas que parece que hayas bebido.

La edad no me permite mantenerme despierta siempre que quiero, y a veces, como ese día, me duermo sentada. Cuando di la primera cabezada, la chica me ayudó a llegar a la cama.

–Arriba, Olvido. Te llevo a dormir en condiciones.

–¿Por qué no te quedas un rato más?

–Cuidado, siéntate primero. Muy bien.

–Te puedes quedar incluso a dormir, si quieres.

–Pero si solo tienes una cama, Olvido. Vamos, acuéstate. Así. Bien.

–Podemos dormir juntas. Somos mujeres.

–¿Qué quieres decir con eso?

La chica me tapó y se sentó en el borde de la cama. La manta, antes fresca, empezaba a impregnarse de mi calor y lo volvía a enviar a mi cuerpo.

–Pues que no somos como los hombres. Eso sí que sería raro.

–Venga, a dormir.

–¿Tú eres lesbiana?

–No. ¿Te acuerdas que te expliqué que...?

–Pues yo tampoco.

La chica me sonrió. Luego me dijo que no pasaba nada si lo era. Yo le aseguré que no, que, aunque no pasara nada, no lo era. Ella me dijo pues entonces puede que sí me quede. Si de verdad no te importa, me dijo. Y detrás de las palabras la chica empezó a acariciarme el cuerpo por encima de la manta. Ladeada, en posición fetal, yo sentía el camino de su mano. Cómo se deslizaba por el tejido, desde mi hombro derecho hasta mi cadera grumosa. No era una caricia superficial y condescendiente. Era más bien específica, detallista. Tenía manos precisas, la chica. Abarcaba cada rollito de piel, cada surco, cada desviamiento. Una caricia que quería escuchar, no solo hablar. La sensibilidad con la que lo hacía.

–¿Qué vas a hacer con todo este deseo, Olvido?

Yo la oía, a ella y a su mano. No me movía. El olor denso y ferroso entre sus piernas, tan cerca de mí. Luego no sé cómo se quitó los zapatos, pero cuidadosa se escondió conmigo dentro de la cama. Dos cuerpos que emanaban calor y lo concentraban debajo de la manta. Yo quería preguntarle qué hacía y a la vez no quería preguntarle nada. Sacó una mano de la manta y la posó en mi mejilla caída. Los dedos, aún fríos, le olían a lejía. Nos iluminaba la luz cálida del saloncito, que entraba como un foco de teatro y, topándose con la cama, se deformaba y se arrastraba y subía hacia nosotras. La joven alzó la mano y con el dedo índice empezó a seguir las arrugas cercanas. Las ojeras, la papada, las patas de gallo, todo era digno de ser halagado. El dedo volvió a ser mano que bajó por mi cuello, un poco pausada, frenada por la piel despegada. Lo firme siempre es más fácil, lo caído siempre cuesta más de acariciar. Pero cuando la mano cedía al bache, se separaba de él y seguía su camino hasta llegar al codo.

Recuerdo que me abrazó y yo le devolví el abrazo y notamos el tejido de nuestra ropa. Con la cabeza apoyada en mi cuello, me fregaba la espalda con esos dedos comprensivos. Luego se recostó un poco y se quitó con dificultad los pantalones y se quitó la camiseta y no llevaba sujetador. Yo no sabía qué hacer mientras, así que, ruborizada, me bajé el camisón hasta la cintura. Pensé que ese día podría haberme puesto mi visera roja y blanca, para que la chica me hubiera visto más decente, como cuando salía a la calle tiempo atrás, y que era una lástima no haber previsto este tipo de encuentro. Pero ahora estaba allí con ella, en mi cama, y volvió a abrazarme y trenzamos nuestras piernas. Me besó en el cuello. Me besó en el cuello. Me besó en el cuello y yo seguía abrazándola.

Los labios tan atentos, luego unas mordiditas de pajarillo, en el hombro, en la barbilla, en la oreja. Dejaba en mí las marcas mantecosas de su cacao de labios, que se calentaba en mi piel e iba deshaciéndose. Sus pechos, como dos montoncitos de azúcar moreno, se topaban con los míos, dos blancas babosas decaídas. Se movía con gestos gráciles, muy cuidados. Pensados con el objetivo de la sinuosidad. Yo ya hacía rato que sentía un calor muy fuerte en el sexo, como cuando a veces mis dedos se convierten en dos dromedarios sedientos. Pero esta vez el calor iba acompañado de un dolor punzante en mi vagina, muy focalizado. Lejos de dolerme lo sentía placentero, intimidante. Sacó su lengua y me estiró la piel del cuello con ella, tensándola hasta lubricarla. Hasta que lamer fue más fácil que respirar.

Sentía que debía moverme como ella, juntando mi pelvis con la suya, así que intenté pautar una ondulación. Pretendí la elegancia digna de un gato, pero lo único que conseguí fue toparme con una sensualidad mórbida. Las caderas entumecidas se reían de esta vieja. La inseguridad se habría apoderado de mí si no fuera porque la chica, súbitamente, alzó la colcha con la mano para facilitar el movimiento de su cuerpo fino, que a continuación puso encima del mío. Allí estaba su melena, mullida y arrugada, voluptuosa, rozando mi frente, haciéndome cosquillas en los hombros. La chica acercó su cara a la mía, y gracias a su aliento me acordé de que pocos minutos antes habíamos estado bebiendo té negro. Subida encima de mí, me espetó un beso. Primero uno seco, escueto y tímido que sabía a bálsamo labial. Luego otro húmedo y envolvente que ya no sabía a nada más que a ella y a mí. A eso sabía la saliva: a ella y a mí. Luego me habló:

–Estás guapísima con esta luz.

Cuando hablaba en esa posición se le caían las palabras de la boca y estallaban contra mi cara. Notaba el calor de esa explosión, el vaho del mensaje. La joven siguió besándome y acabé por coger el ritmo a sus labios. Me besó, me besó mucho. En la boca, en la cara, en los hombros, en las clavículas, en las blancas babosas y en los brazos. Mientras, nuestras piernas jugaban entre ellas y la humedad de nuestras vaginas se condensaba en la ropa que aún no nos habíamos quitado. Me comía con una fuerza dulce, con una dulzura fuerte. Yo quería hacerle lo mismo, mancharle de saliva la piel, darle mordisquitos en el cuello con los pocos dientes que me quedaban. La libido me empujaba a hacerlo, pero no por ello la vergüenza era menor.

Pero lo hice.

Su piel sudada sabía bien dulce, como azucarada. Ella gimió y me sentí orgullosa de mí.

Quería darle un beso en el ombligo.

Quería meterle los dedos en la boca.

Quería tirarle del pelo y olerlo.

Pero no podía hacerlo porque sentía que me estaba deshaciendo.

La piel ofrecida al sudor. Las hendiduras de mi cuerpo ya no parecían tan profundas. Las arrugas eran menos arrugas. El camisón, a modo de flotador, me rodeaba la cintura arremangado tanto por arriba como por abajo. Sentía que si acababa quitándomelo me hundiría, me perdería entre aguas. Acabé haciendo todo lo que quería hacer: me dejé llevar hasta ese mar desconocido. Eso incitó a la chica a juntar dos dedos de su mano derecha y hacer rodeos en mi entrepierna descubierta. Buscaba deseosa el líquido. El tacto de sus dedos dejaba un rastro en mí de piel de gallina. Mientras me apretaba la carne de la cadera con la otra mano, apoyando su cuerpo en mí, tensó los dos dedos e intentó una maniobra que no permití. La agarré de la muñeca, no sé por qué. Ella me miró y me sonrió como una amiga y me dijo tranquila, lo haremos a tu ritmo. ¿Estás bien? Yo asentí y dejé su mano a sus anchas y ella me metió los dedos tensos por la vagina viscosa. Entraba y salía con parsimonia y luego a traición, desacompasada, para que no pudiera prever sus movimientos. Luego acercó los dedos mojados al clítoris y dibujó en ese punto el placer. Lo dibujó largo rato hasta que los dedos se empezaron a secar. Entonces los mojó de nuevo en mí y masajeó con ellos los labios menores.

El placer era tan insoportable que yo a ratos le apartaba la mano. Ella aprovechaba entonces para adentrar los dedos, acompañando la embestida con su pelvis, muy cerca de mí. Como si su mano fuera parte de un miembro que no tenía. Sonaban los muelles, pequeños gemidos oxidados, parecidos a los míos. Yo solo podía acompañarla, mantenía mis manos en sus caderas y la miraba, mera espectadora de mi propio goce.

El aroma dulzón de mi laca de pelo se mezclaba con el olor del flujo y la combinación me embriagaba. Nos empezamos a comunicar mediante otro idioma, un lenguaje jadeante. Me anticipé a su ademán de bajar su cabeza a mi vulva, no me sentía lo bastante limpia para que la chica oliese tan de cerca ese olor. Ella me dijo que las vaginas tienen que oler así, como la mía, a yogur fuerte, a miga de pan recién hecho, que no tenía por qué avergonzarme. Yo negué con la cabeza, recosté su cuerpo a mi lado y fui yo la que bajé. Fui yo, no sé cómo, la que por debajo de la colcha trazó un camino con la lengua desde sus pechos hasta llegar a su muslo, un muslito de pollo. Luego alcancé la vulva y la olí. La husmeaba como un gato ansioso. Metía mi nariz entre su vello rizado y tosco, tan abundante que tuve que separarlo con los dedos para llegar a sus labios.

–La tuya tiene olor a hormiga.

–¿Olor a hormiga?

La chica rio suavemente y esa risa tierna me dio hambre. Como una fruta, separé la cáscara y se reveló ante mí algo tibio y blando. De un dulzor salado, ferroso y fuerte, como las salsas orientales. El rojo me manchó los labios y parte de la nariz. El líquido me llenó la boca y me alimenté de él como sedienta, como si fuera la primera vez que bebiera algo en toda mi larga vida.

Ella gemía y a veces se quedaba callada. Entonces me decía más lento, más lento, a la derecha, arriba. Y yo intentaba ser obediente. Estaba extasiada, quería rebanar el deseo. No me importó pasar tanto tiempo, no sé cuánto, allí abajo. No me importó, y después, como si fuera lo que tenía que pasar, a la chica se le tensó el cuerpo, tanto se le tensó que tembló. Luego estalló levemente en un gemido contenido, como una gota de agua tímida resbalando por un cristal. Me limpié la sangre con la sábana. Pensé en la lavadora.

Después de eso nos afilamos las vulvas. Entrelazadas, nuestras piernas en cruz, nos friccionamos y nos mojamos en el líquido ajeno. Llegó el momento de compararlas. La suya era pequeña y peluda. Un labio pintado de carmesí sobresalía más que el otro. La mía era ancha y lisa. Con los labios menores ya crecidos pero simétrica. Nos las miramos unos instantes, luego nos dimos cuenta de que estábamos reflejadas en el espejo del tocador y nos miramos los cuerpos. Uno alargado y otro redondo. Nos seguimos besando por arriba y por abajo.

No pasó durante mucho tiempo porque era incómodo, nos llamaba el dolor a cada movimiento, acabamos por reírnos y desistir de la postura. Casi sobrellevadas por una justa sexual en la que nos jugábamos el dominio y la sumisión encima de un balancín de parque, la chica volvió a subirse encima de mí y me besó y me llenó la boca con su saliva. De nuevo llevó una mano a mi sexo, como un imán, como si lo hubiera estado pensando desde hacía rato, tan segura de sí misma que no tardé en ceder al orgasmo, un grito roído que me cundió por todo el cuerpo.

Ni siquiera había esbozado cómo podría ser ese tipo de orgasmo. El orgasmo que te acomete cuando estás acompañada y no sentada sola en la cocina o en la habitación. Nunca había sentido ese placer tan ajeno a mí que ahora venía con fuerza. Después del primero, un deleite condesado volvió a colapsarme por segunda vez. Destilar esa sed acumulada durante años fue, de tan fácil, peligroso. Pensé que me moría. Que me moría de verdad.

Esa noche la satisfacción se casó con la desvergüenza. Las estrías caladas de sudor. Me revelé dulce y mansa envuelta en la piel de la chica. El sudor se enfrió y cubrí nuestros cuerpos con la manta. Luego la joven se durmió a mi lado. Muy cerca, mucho, porque había poco espacio. Es pequeña mi cama. Yo no conseguía dormirme, la miraba y pensaba que la piel es un límite y que nunca podría llegar al corazón de la chica.

Unas horas después empezó a soñar y me sentí un poco excluida. Como si algo pasara sin que yo pudiera participar. Ojalá pudiera compartir sus sueños. ¿Estaría soñando conmigo?

–Hemos gemido. / Sangra el cuerpo delgado / y yo no duermo.

Soñaba y se revolvía suavemente entre las sábanas. Se me ocurrió despertarla de algún modo y fingir estar dormida cuando ella abriese los ojos, como si hubiera sido ella la responsable de su propio desvelo. Pero tan solo se movía un poco y caía de nuevo en un sueño profundo. Junto a mí, junto a mí. Acabé por dormirme yo también.

Cuando empezó a clarear me desperté y me giré para ver a la chica. No estaba. Pensé que a lo mejor tendría asuntos por la mañana, que volvería por la tarde y podríamos hablar de esa noche.

La luz del saloncito seguía encendida.

HORMIGUITAS

Hormiguitas en el pelo, hormiguitas en las pestañas, hormiguitas en la vagina. Hormiguitas en los diez dedos, hormiguitas en los dos ojos, hormiguitas en la boquita.

Hormiguitas en ese ombligo, hormiguitas en las rodillas, hormiguitas en esas manos igual de jóvenes y pequeñitas.

Hormiguitas que suben, suben. Hormiguitas que bajan, bajan. Hormiguitas que entran, entran. Hormiguitas que salen de la cara.

Hormiguitas que no chocan, hormiguitas que pobres mueren y después de morir junto a otras, las hormiguitas son pisadas.

Hormiguitas que duermen junto a esta joven y le muerden las mejillas, hormiguitas y más hormiguitas, hay un caminito de hormiguitas en este recibidor.

A MÍ NO ME HABLES DE USTED

No podía evitar bailar mientras me colocaba la visera. Mi cuerpo agarrotado parecía no esforzarse al moverse ese día. Las caderas, lejos de hacerme daño, se contoneaban exquisitas, reinas de una pista hecha de parquet. Si me viera a mí misma desde fuera, bailando de ese modo que rozaba lo infantil, supongo que me avergonzaría, pero tanto daba. En un rato vendría la chica y me vería arreglada, con mi visera. Me había duchado y rociado laca en el pelo. A lo mejor podíamos salir a la calle, salir a pasear del brazo. A lo mejor de la mano, no sé.

Empecé a dar vueltas sobre mí misma por la habitación, llegué al saloncito presa del ritmo. El aire producido por la rotación soplaba en mi piel y seguro que creaba en ella veredas. La vejez es eso, el aire que se pasea constantemente por el cuerpo y crea caminos, pero tanto daba. La espera me comía por dentro, me mordía los huesos, los roía con sus dientecillos de rata. Me los hacía vibrar con el golpeteo de dientes y tuve que sentarme para estar tranquila, para que no me botaran las piernas. Luego sonó el timbre y corrí como pude hasta la puerta y descolgué el telefonillo y esperé y minutos después abrí y dije hola y la chica me dijo hola Olvido, ¿cómo estás hoy? Y le dije pasa, pasa, bien. Y el calor se apoderó de mi cuerpo, y mientras la acompañaba al saloncito respiré hondo, Olvido, tranquila, actúa con normalidad. La chica acercó la nariz a mi pelo.

–¿Te has duchado?

–Claro.

–¡Vaya! ¡Qué sorpresa! ¿Ves? Así hueles genial.

–Sí. Tú también hueles bien.

La joven se rio. Luego apoyó una mano en mi hombro y la noté fría, como sacada de la calle.

–¡Gracias, Olvido!

La chica dejó su riñonera y su cazadora vaquera encima de la mesa y fue directa hacia los útiles de limpieza. Yo aparté a un lado sus cosas y preparé en la mesa mi libro para colorear y mis lápices de colores. Lo abrí por una página en la que dos niñas se balanceaban juntas en un columpio. Una sentada en él y la otra con los pies encima de lo que parecía el tablón de madera. Detrás de ellas había unas nubes redondas y enormes que abarcaban casi todo el cielo. En el suelo solo crecía césped, un poco despeinado, y también un par de setas, de esas que todo el mundo pinta rojas y blancas y que yo había pensado pintar naranjas y moradas.

Cuando fui a coger el primer lápiz de color me di cuenta repentinamente de que si esa mañana no me hubiese duchado, ahora la chica estaría aclarándome el pelo con agua caliente. Me arrepentí enormemente de haberle querido dar la impresión de ser una persona independiente y capaz delante de ella, en vez de dejar que la chica me convirtiese en eso con sus propias manos. Por suerte, me tranquilizó pensar que con el aspecto que había conseguido por mí misma sería más fácil entablar la conversación que quería tener con la chica.

–¿A qué hora te fuiste ayer? No te despediste.

–¡Claro que me despedí!

Silencio. La chica posó su mirada en la mía.

–Olvido… ¿Te quedaste dormida en la silla otra vez?

–No, tonta. He dormido en la cama, igual que tú.

La chica parecía no entender. Esperé a que llevara ella la conversación, pero no había indicios de que fuera a dar el paso. Cuando eres joven, pensé, te da vergüenza hablar de esos temas. Decidí ayudarla, proseguir.

–Quiero decir que, después de lo que pasó ayer, pensaba que te quedarías hasta hoy. Total, hoy tenías que venir igualmente.

La chica entornó los ojos, como intentando recordar. A mí ese gesto no me gustó demasiado, dificultaba la conversación. Era como si la chica no supiera de lo que le hablaba, y eso era imposible porque había estado allí cuando pasó, conmigo.

–Me refiero a lo que pasó en la cama.

La chica parecía desubicada. Abrió levemente la boca y la cerró. Ladeó un poco la cabeza, como un perro.

–¿Te ha pasado algo en la cama? ¿Quieres que cambie las sábanas?

No comprendía por qué la joven actuaba de esa forma conmigo, por qué no mencionaba lo que había pasado. Quizá me estaba tomando el pelo. La atmósfera se volvió pesada, como saturada de incomodidad.

–Me refiero a lo que nos pasó a las dos, niña. A lo que hicimos por debajo de la manta.

–Olvido, no te acabo de pillar ahora.

–Niña, a ver si voy a tener que contarte todo lo que hicimos ayer. ¡La que tiene mala memoria soy yo, no tú!

Esperaba una risilla propia de la chica, de esas que a veces me regalaba cuando le decía cosas graciosas, pero no la hubo. En cambio, me arañó la confianza frunciendo el ceño. Le da vergüenza hablar de lo sucedido, no pasa nada. No es habitual lo que pasó. Pensará que, con lo sucedido, tendremos que ser lesbianas. O que tendrá que dejar al novio. Puede que la joven viera en lo que hicimos ayer más consecuencias de las que había en realidad. Tal vez necesitara un poco de ayuda para soltarse.

–Oye, no tienes de qué avergonzarte. Las viejas y las feas tenemos que fornicar entre nosotras. Si no nos quieren los hombres, ¡algo tendremos que hacer!

Me reí mientras lo decía. Luego vi cómo sus cejas se alzaban. Me miró incrédula, y a mí me incomodó esa sorpresa gratuita de la chica. Qué inmadurez. No dije nada más. Le di tiempo, a ver qué hacía.

Mientras, recapacité sobre lo último que había dicho. Me chocaba haber pensado que la chica era fea. ¿Era fea la chica? A mí me gustaba, en cierto modo. No era fea, no, para nada. Era bellísima, con esa juventud encima, tan bien puesta. No sabía por qué lo había dicho, a lo mejor es que quería adaptarme al resto del mundo. Tiene novio, así que no debe de ser fea.

Si ella no es fea, entonces a lo mejor yo tampoco soy tan vieja, pensé. El silencio cada vez ocupaba más espacio en la sala.

Luego la chica, estúpidamente cándida y con una sola palabra, desplegó mi vejez sobre la mesa. Como un mantel de cuadritos rojos y blancos, la vejez. Hay palabras inocentes y otras que te arrugan la piel con su pesantez.

–Olvido, ¿estás… está usted bien? ¿Quiere que llame a alguien?

Con tan poco, con una sola palabra, «usted», me despertó del ensimismamiento. Hay palabras que te esconden y otras que te entregan. Las palabras son como una extremidad del cuerpo. Pueden agarrarte o darte un golpe o acariciarte. Y la chica con las suyas me sometió a la senectud sin pensárselo. Pasa lo mismo con las demás extremidades. Hay manos inconscientes que buscan un vaso de agua cuando la persona tiene sed, hay otras que sin darse cuenta acarician a la persona de la que están enamoradas. Mis manos rozaban el pelo de la chica cada vez que podían. Pero las de la chica fueron a buscar su teléfono móvil dentro de la riñonera.

–No. No hables con nadie.Y a mí no me hables de usted. Nunca más.

La rabia y la vergüenza amasaban mi garganta, pero las engullí hasta que el dolor de la barriga me acometió.

Después de eso intenté odiarla. Pero no fui capaz. Pasé varios días pensando en lo malo de la chica.Apretaba los dientes con una fuerza rabiosa mientras pensaba, por si ayudaba. No hubo suerte.

En vez de eso hice crecer algo en la zona del diafragma. Algo que ya tenía de antes, compacto y duro. Siempre he estado hecha de eso por dentro. Como una pelota de madera o de cuero o de piedra. Por fuera se me caía la piel, bien fina, pero por dentro tenía como un hueso redondo y marrón. Cuando comía me dolía un poco, me pesaba, como si al llenarme la barriga presionase al bulto. Siempre he creído que soy como un melocotón que va pudriéndose con el paso de los años.

Solo cuando pensaba en ella me olvidaba de que eso estaba allí, así que pensaba en ella mucho.

EL DISPARATE DE QUERER A UNA MADRE

Cuando mi madre murió, y antes de que se la llevasen fuera de las paredes de aquella triste residencia, recogí toda su vejez con las manos, arrastrando sin tocarla el aire alrededor de la cara de la muerta, de sus brazos inertes, de su cuerpo paliducho. Le rebañé lo morado y lo áspero y me lo extendí por mi propio cuerpo. Un ungüento pesado que mi piel no tardaría muchos años en absorber.

Fue como si recogiese las hormigas invisibles que habitaban en el cuerpo de mi madre y me las esparciera por el rostro, el pecho, los brazos. Las hormiguitas, come que te come, crean los caminos cuando el cuerpo empieza a madurar.

Ese día me esforcé en recordar algunos momentos maternos.

Como cuando de pequeña me obligaba a beber leche de vaca y llegaba al colegio con dolor de barriga y mareos. Ahora se ve que la leche de vaca no es buena. Cómo lo va a ser si es de un animal diferente al que yo soy. A mi madre nunca se le hubiese pasado por la cabeza sacar la leche de su pecho y dársela a una ternerita, y mucho menos esperaría que con eso los huesos del animal crecieran fuertes y sanos. Pero a veces una madre confía más en la experiencia de una institución que en la de una hija. Y si su hija tiene dolor de tripita, antes de preguntarle a la hija le preguntará a la institución. A veces los humanos dejan de confiar incluso en su propia experiencia, en su cuerpo o en su mente. Tiene que venir alguien a decirles lo que tienen que vivir, lo que les duele o lo que sienten. Leería algo similar años más tarde en una columna de un periódico que en casa no me dejaban leer.

Un día quise alcanzar un libro de haikus de una estantería. Como tenía pocos años y aún me hacían beber leche de vaca, como a una ternerita, todavía andaba a cuatro patas y no había crecido lo suficiente para alzarme y con mi pata llegar al libro. Se lo pedí a mi madre, que se negó. No es para tu edad, Olvi, me dijo. Me dijo cuando seas mayor te regalaré todos mis libros de haikus, si quieres. Luego me pasé días pensando que si un libro no me quería a cualquier edad, tampoco me querría de mayor.

Otro día mi madre me hizo madrugar mucho, mucho, mucho, y aún estirada en la cama me dijo si el zángano no se va a morir, lo abandonamos. Y no solo lo abandonamos a él, sino también su cara siempre arrugada y violenta, y sus manos grasientas que lo manchaban todo sin pensar en nada, que me manchaban a mí igual que manchaban mi cara y mi cuello y mi boca esos besos de buenas noches que yo no quería que me diese aunque nunca se lo dije. Nunca se lo dije porque a las niñas no nos enseñan a decir que no, no nos enseñan a señalar lo que nos incomoda, lo que nos avergüenza, lo que nos hace llorar. Nunca se lo dije porque ni siquiera sabía en aquel entonces si lo que hacía mi padre estaba bien o estaba mal. Nunca se lo dije porque mi padre era un zángano y mi madre un día me dijo que los zánganos hacen esas cosas por naturaleza. Y en una mochila pequeñita pequeñita, nos llevamos todos los libros de haikus que pudimos y un poco de dinero y yo no sabía adónde íbamos, pero me salió de dentro la necesidad de coger la visera roja y blanca de mi padre sin que él se enterara y meterla también en la mochila. No como recuerdo, quizá como venganza infantil. Tengo aún presente la mirada dura y áspera de mi madre, y también coger un taxi y luego un avión, y luego el paisaje ya no era de casitas con patios faltos de vegetación ni llenos de arena que se pega a los pies, luego el paisaje era de edificios altos y húmedos y plazoletas y árboles y ya no vería a mi padre nunca más.

Nunca más, dijo mi madre.

¿Por qué? Pregunté, aunque ya lo sabía.

Ya te lo explicaré cuando seas mayor.

Luego dormí muchas noches en el sofá del ático del edificio de la zona humilde de la ciudad en la que empezamos a vivir, y durante un tiempo me arrepentí de haber dejado el paisaje arenoso, que al menos era cálido, no como el nuevo, que era húmedo y frío y estaba sola, más sola que antes, porque luego mi madre se hizo mayor de verdad y se olvidó de dónde vivíamos y creyó que vivíamos en una residencia y acabó por mudarse ella sola a una. O quizá sí sabía adónde iba. Quizá mi madre simplemente se alejó de mí para que su enfermedad, ese depredador que cuando la encontró le fue carcomiendo la memoria, no encontrara una nueva presa, no me encontrara nunca a mí.

Sola se mudó a una residencia, pasito a pasito hasta la residencia para olvidarse de explicarme por qué nos habíamos mudado al ático y para olvidarse de todo, de todo menos de mí.

Parece que siempre hay una edad para todo. De esto me di cuenta rápido. Parece que una siempre es o demasiado joven, o demasiado vieja para las cosas. Siempre le queda a una muy poco tiempo en medio para hacer lo que quiere. Por ejemplo, leer o escribir. Cuando una es demasiado pequeña aún no ha aprendido a hacerlo. Pero cuando una es demasiado mayor, desaprende a hacerlo. Solo en medio, en la adultez, es algo tan permisible que hasta *se pide* a los humanos. Se pide que se sepa hacer. Si eres joven y sabes hacerlo, te recriminan que seas demasiado joven para eso. Eres demasiado joven para escribir, para escribir sobre eso o para leerlo, por ejemplo. Y pasa lo mismo con el sexo. Cuando se es joven no se tiene edad para el sexo, bien. Ni para el sexo con una misma, mal. Y cuando se es vieja se ve que se tiene demasiada. Es una pena, porque el sexo es algo fantástico y no deberíamos limitarlo a una vida tan estrecha. Recordar. Recordar también es una cosa que no se suele dar a esas edades. Cuando se es muy joven no se recuerda apenas nada, crecemos y almacenamos pocos momentos de nuestra niñez. Y cuando se es vieja, aún menos. Salir de fiesta. Comer mucho azúcar. Cagar sin pañal. Competir. Conducir. Fumar. Correr con unas tijeras en la mano. Trabajar. Tener credibilidad. Tatuarse. Llevar escote. Maquillarse mucho. Menstruar. Ver una peli de terror. Procrear. Tomar cafeína. Contratar un seguro de vida. Y al final vivimos en un miedo constante a existir en esas edades. En las edades de *no tener edad para nada*.

Aun así estaba dispuesta a esperar. Esperaría a crecer para que mi madre me explicara por qué nos habíamos mudado. Esperaría a crecer para llegar a ese libro de haikus. Para llegar a la estantería y cogerlo por mí misma.

Lo que hacía falta era eso: crecer. Crecer, pero no demasiado.

¿POR QUÉ TE LO HAS CORTADO?

La chica se volvió de un amable de plástico. Sonreía por encima, postizamente. La chica era huidiza e insolentemente silenciosa. La chica caminaba a veces de puntillas y hacía crujir las zonas donde el parquet estaba abombado por la humedad. La chica abría la puerta de la casa y se iba sin apenas despedirse. Y yo no entendía cuándo y sobre todo por qué había cambiado. Me había dado la espalda o me trataba igual que lo hace el resto. Hola y adiós. La situación se había vuelto insostenible.

Peor ese día, que no podía verla así. Poniendo la lavadora tan pancha, como si estuviera satisfecha de lo que había hecho. No respetaba nada. Nunca había respetado nada. Y ahora venía... Ahora venía a despreciar su pelo. Su pelo. Ya no estaba. Su pelo. Esa melena negra como una caries que me hacía tan feliz como una niña con caramelos. Tan feliz, su melena, que me gustaba como si fuera mía. Nuestra melena. Y ya no estaba. Nuestra melena, la había despreciado porque quería despreciarme a mí. Y lo había hecho. Me había humillado. Adrede. Había querido hacerme daño con unas tijeras en su pelo. Tris tras, tris tras y ahora parecía un chico. Parecía un chico, con ese corte de pelo monstruoso que había decidido llevar encima. Ese corte de pelo que había traído a casa, con el que se le veían las orejas y la frente y la nuca, ese que ahora me dejaba ver como si nada, como si no supiera que la estaba mirando. Ese corte de pelo que me angustiaba y me dejaba fatigada. Me tensaba el cuerpo y me encorvaba. Hacía que me retorciera por dentro mientras fingía estar tranquila en el sofá. Ese asesinato de un animal negro y mullido que estaba vivo y que era salvaje me sometía a un gran dolor.

Aun así, yo había buscado los ojos de la chica desde que había entrado por la puerta. Quería hablar con ella. Quería que se explicase. Quería que se arrodillara ahogada en lágrimas y me pidiese perdón, y quería no perdonarla. Pero esa canija escurridiza rehuía mi mirada. Era consciente de lo que había hecho. Ese desparpajo insolente no se dignaba mostrarme interés, rebañaba el polvo de las estanterías como si prefiriera hacer esa mierda de trabajo a siquiera hablarme.

Ese corte de pelo revelador por fin dejaba al descubierto a la chica. Tal y como era. Necia. Desprovista de toda decencia. Traidora. Sí. Me había traicionado y ahora con esa soberbia venía a echarme su juventud ostentosa a la cara. Esa juventud que me violentaba, pero ya no. Ya no. Porque ahora sé cómo eres, mequetrefe insolente.

Me pesaban las decepciones. El novio, el «usted» y ahora ese corte de pelo que lo único que denotaba era envidia. Una envidia reptil, verde como las cosas que se pudren. Apestosa igual que la chica. Igual que su sudor y sus sobacos y todo su cuerpo, que me irritaba y empeoraba mi vejez.

Ahora todo en ella me incomodaba y me molestaba. Todo lo que hacía, lo hacía con demasiado ruido. Montaba un escándalo al centrifugar la ropa en la lavadora, pisaba muy fuerte el suelo, no me miraba, sonreía demasiado, no sonreía lo suficiente. Tenía la sonrisa escarchada, como si se hubiera untado los labios con pegamento y al secarse no la dejara ni sonreír. Me molestaba su piel color arena de pipicán –más oscura, meada y caliente por el sol–, y sus ramitas hechas brazos y sus granos llenos de pus, de grasa mala, de una flema blanquecina que no quería ni recordar.

Decidí que no quería verla más. No quería que se me apareciera en sueños de esa forma. Ubicua como había conseguido ser, que no se desprendía de mí. Que no quería desprenderse. Que parecía que estuviera enamorada de mí, visitándome cada día con la excusa de venir a limpiar. Que quería secarme el cuerpo cuando salía de la ducha, que quería verme desnuda y tocarme el coño. Que tenía novio por aparentar. Tenía novio para que yo no percibiera su estridencia. Que decía que salía con un chico para que yo no supiera. Que ahora se había cortado el pelo como uno.

Ojalá mi memoria algún día me permitiera olvidar a la chica.

Había pasado solo una hora desde que había llegado y ya parecía que se hubiera instalado aquí. Quería que se fuese. Quería que se quedase y quería que se fuese. Seguro que se demoraba tanto en limpiar porque estaba pensando qué robarme. Había puesto más tiempo de centrifugado para pillarme desprevenida, y cuando lo estuviera sacaría mi dinero del cajón del tocador y se marcharía para no volver. Pues que no vuelva, pensé. Vivir con alguien en la misma casa es un acto de confianza. Por eso no quería que viviese conmigo. Vivir con otro ser es saber que un gato puede arrancarte una oreja de cuajo y confiar en que no lo haga. Es saber que una mujer puede ahogarte mientras duermes y aun así recostar tu cabeza en la almohada, dándole la espalda. Por eso, ya no iba a dejar que durmiera nunca más aquí. En esta casa, que es mía y de nadie más. Solo usted y yo, vieja Olvido. Sí, solo tú y yo, exacto. La chica fuera. La chica no debía entrometerse en lo que yo hiciera o dejara de hacer ni descubrir que existes ni robarte tu pienso de pollo para gatos de interior. Eso solo lo hace usted. Sí, solo lo hago yo y nadie más.

–Te piensas que vas a poder robarme mi pienso de pollo para gatos de interior, ¿eh? PUES QUE SEPAS QUE TE ESTOY VIGILANDO, NIÑA.

En ese momento sí se giró, la chica. En ese momento sí me miró. Te pillé, traidora. Ni un pelo de tonta. Ni un pelo de tonta tengo.

–¿QUÉ?

–QUE TE ESTOY VIGILANDO.

El ruido de la lavadora nos obligaba a hablar alto, casi gritando. A hablarnos con una violencia que, en realidad, me apetecía. Y de esa fuerza también se aprovechaba la chica. Se aprovechaba, porque sabía lo que hacía. Sabía lo que hacía, porque ya no enrojecía como meses antes. Ya hacía tiempo que me había dado cuenta de eso. Cada vez sus mejillas se enrojecían menos.

–OLVIDO, YO NO TE ROBARÍA NADA.

Qué ímpetu, el de la juventud. Ese querer reivindicar. Ese querer cambiar las cosas, ese querer rascar la capa de pintura establecida ahí desde hace años. Esa necesidad de destacar, de no aceptar la naturaleza circular. Lo que le está pasando a una joven ya le ha pasado a otra más vieja. Pero esa vieja vive ahora resignada, conoce la vida. Se entiende con ella y se desentiende de sus asuntos. Ya no tiene ganas de inmiscuirse. Pero la joven sí se inmiscuye. La joven quiere arreglarlo todo. La familia, el trabajo, las amistades, el nombre de una calle, su alimentación. La joven supura energía y quiere invertirla bien. Lo entiendo. Entiendo que se cortara el pelo para intentar descoserse del resto del jersey que hemos cosido las demás, las que la hemos precedido; para descoserse de lo ya confeccionado. Quería llamar mi atención y no sabía cómo. Incomprendida, la joven quería visibilizar los problemas y hacer ruido, creando discusiones constantemente, de formas distintas. Lo entiendo. Entiendo el porqué del «usted» y lo del novio. Entiendo que negara haber robado, lo entiendo. Pero por qué ahora. Por qué querer luchar contra mí ahora. Decidí darle la oportunidad de explicarse. Al fin y al cabo, no era mala chica.

–¿POR QUÉ TE LO HAS CORTADO?

Ahora sí, vi cómo la vergüenza quemaba su cara. Abrió la boca, pero no dijo nada. Solo se oían los golpes mecánicos de la ropa dando vueltas en el tambor. Habrá caído en su error. Se habrá dado cuenta del daño que me ha hecho. De por qué a veces es mejor dejar pasar, no luchar contra lo imperfecto. Abrazarlo y aceptarlo. No pasa nada, niña, volveremos a coser el jersey.

–Porque sí.

–¿CÓMO DICES?

Un silencio anchísimo. Qué coincidencia, una pausa de la lavadora en medio de la conversación. Luego, como si ya solo nos atreviéramos a hablar en medio de ese ruido de fondo que lo ocupaba todo, la lavadora prosiguió y la chica también.

–ME LO HE CORTADO, YA ESTÁ. PORQUE ME APETECÍA.

Porque le apetecía. Mentirosa. Ya veo que no aprende. Esta malcriada no aprende y no tiene buenas intenciones. Se acabó intentar con ella la bondad.

–SOLO TE LO HAS CORTADO PARA CASTIGARME.

–¿QUÉ DICES? ¿QUÉ TE PASA, OLVIDO?

–A MÍ NO ME TUTEES.

Más silencio. La chica y la lavadora descansaron y, segundos después, prosiguieron.

–¿PREFIERES QUE TE HABLE COMO A LA GENTE MAYOR?

–¿QUIERES CALLARTE?

–NO, NO QUIERO CALLARME.

–NO, LO QUE QUIERES ES BESARME.

–ESPERA, ¿QUÉ?

–LLEVO MUCHO TIEMPO MIRÁNDOTE. ¿TE CREES QUE NO ME DOY CUENTA? ¿TE CREES QUE NO ME FIJO EN CÓMO TE ESFUERZAS POR TOCARME SIEMPRE?

–LO SIENTO, OLVIDO. PERO SABES QUE NO ES ASÍ.

–ENTIENDO QUE LO NIEGUES: AÚN ERES JOVEN.

–OLVIDO, TÚ A MÍ NO ME GUSTAS.

–¡PUES TÚ A MÍ TAMPOCO!

Se lo espeté. Era inevitable. Siento hacerte daño, niña estridente, pero debes saber. La chica debía saber, Olvido, usted debía hacérselo saber. Sí, ya se lo dije. Dígaselo de nuevo, Olvido. Dígaselo para que no se le olvide.

–¡TÚ A MÍ TAMPOCO! NO LO OLVIDES.

Dígaselo de nuevo, dígaselo.

–¡QUE TÚ A MÍ TAMPOCO!

–OLVIDO, ¡¿QUIERES PARAR?!

–¡CÁLLATE!

–OLVIDO, JODER, QUE ME ESTÁS DANDO MIED...

–¡CÁLLATE, CÁLLATE, CÁLLATE!

La conversación vició la atmósfera y la colmó de amargura. Habíamos dejado que las palabras se retorcieran demasiado en el aire y ahora flotaban crispadas y emanaban un dolor irreconocible.

Luego el silencio y después más ruido. Mis chillidos, que ya superaban en volumen a los de la lavadora, invadieron la salita. De mi boca, un repertorio de palabrería venenosa que apuntaba a la chica.

Me convertí en la reina del grito. Parecía haberme apoderado de todo el estruendo que estaba sucediendo en ese preciso instante, en la ciudad entera: lo había recogido en mi boca para proyectarlo sobre la joven. Primero un pitido agudo, fino como un hilo, empezó a deshilacharme por dentro hasta llegar al tope. Luego paré para coger aire, para recuperarme. Esta vez la lavadora no paró. Y la rabia tampoco. Volví a intentar quitármela de encima con otro grito. Esta vez más duro, más pesado y fuerte. Tan grave y grotesco que ni yo podía creer que hubiera salido de mí misma. El resentimiento eligió las palabras por mí. Encontré el material en la lengua. Separé unas letras de otras. Seleccioné las idóneas y las lancé hacia fuera. Explosionaron en la chica y consiguieron que diera algunos pasos hacia atrás.

Fin del programa de lavado.

Le dije las peores cosas que le podría haber dicho, y con ellas partí la mañana por la mitad. Las horas sosegadas mientras ella limpiaba competían ahora con aquellos cristales verbales que dejarían costra.

La chica permaneció callada. Era como si estuviese ordenando todos mis gritos, dándoles un número para, después, ir atendiéndolos poco a poco con palabras de vuelta. Así, me fue devolviendo todo lo que yo le había dejado. No dijo mucho, en realidad. Pero lo que dijo, lo dijo sosegada. Como decepcionada. Y eso me dolió aún más. Sin embargo, lo que realmente hizo que me levantara del sofá fueron dos palabras:

–Me voy.

Me levanté con una energía que había estado latente desde que había empezado a envejecer. Me acerqué a ella tan rápido que la chica no tuvo tiempo de llegar al pasillo. Alargué la mano y atrapé su brazo derecho. Se lo retorcí con la misma rabia con que golpeamos a veces los muebles con el pie. La chica gimió de dolor y de miedo. Consiguió escapar y se apresuró a cerrar la puerta de casa.

LA MUJER MÁS SOLA DEL MUNDO

Qué es lo que ocurre en este bosque de noche, qué es lo que ocurre. Que la casita de madera se pudre y la lluvia no consigue acallar este mal olor. Qué es lo que ocurre con los animales, que dicen que una bruja a la que se le caen los dientes va engullendo a los que se despistan. Los engulle y luego se convierte en ellos, en ranas, en gallinas, en hormigas, en gatos. Qué es lo que ocurre, mamá, por qué te veo en el pasillo. Por qué veo a papá en el pasillo, si estáis encerrados en otros lugares. Por qué no la veo a ella, a la chica. Pero sí la veo en sueños. En sueños la veo mientras me relamo. En sueños la veo lamer mi sexo y hablarme mientras decora el sofá. Olvido, vieja estúpida, duérmase. Cállate. Decora el sofá de día y cocina mi comida y de noche llegan las hormigas a comerse el resto.

Las hormigas siempre se comen el resto.

Qué es lo que ocurre en este bosque de noche, que la casita está llena de hojitas, de raíces que se encogen y se esconden, de flores y de musgo. Yo reconozco a la chica en los hongos, en los hongos y en el olor acre del recibidor. La reconozco dentro de la cola de lagartija. La reconozco en una atmósfera pesada, saturada de recuerdos. De recuerdos de acciones. De una acción en particular. Un movimiento que aún me cosquillea en las manos. Como si se hubiera dilatado en el tiempo y aún perduraran sus últimas partículas en la piel. Vieja Olvido, usted nunca puede dormir porque ya vive en un estado adormilado. Cállate, gato maleducado, cállate de una vez.

Qué es lo que ocurre en este bosque de noche. Parece que en el pasado hubiera existido aquí algo latente, al acecho, algo por despertar. Y al hacerlo, al despertarse, hubiera espabilado mal. Como si hubiera nacido al revés, con demasiada rapidez, y al despertarse, después de despertarse, hubiera querido dormirse otra vez. Como si ahora volviera a ser la misma cosa lánguida de siempre. Y ya solo quedaran los resquicios de la velocidad pegados en las paredes.

Como un carnívoro, quieto mucho tiempo hasta que, con una violencia ágil, caza a su presa. Y después de hacerlo vuelve a sosegarse.

–En la cocina / una mujer prepara / patatas fritas.

Qué es lo que ocurrió en este bosque de día, que esta vieja se convirtió, sin pedirlo, sin pensarlo, en la mujer más sola del mundo.

SOL DE TARDE

El gato me encuentra sentada en el suelo del saloncito con un rayo de luz atravesándome la crisma. Las piernas estiradas y abiertas infantilmente en forma de uve. Es probable que me haya caído y al incorporarme haya olvidado la propia caída. Atrapo un mechón de pelo y tiro delicadamente de él hasta acercarlo a mi ojo. Siento en los dedos esa endeblez peligrosa. Ese miedo imperceptible a una cosa tan delgada, tan insignificante, pero que a la vez es capaz de cortar la piel, llegar al hueso quizá. Tengo el pelo seco, rizos de tul que al frotarlos entre los dedos provocan repelús. Juegan mis dedos lechosos y el blanco mechón, y a veces parecen lo mismo.

Es precioso mi pelo.

Me sorprende pensarlo.

El rayo de sol penetra en la fibra y parece que es esta quien lo invita a entrar. Acto seguido lo refleja, como si se desviviera por brillar. Como si el pelo siempre esperara recibir una visita. A veces la luz deja tras de sí algunos reflejos rubio ceniza que aún se resisten a la vejez.

–Es precioso mi pelo.

Ahora lo digo en voz alta y lo repito.

–Es precioso.

Y lo digo como quien quiere soltar un perdón por la boca. El orgullo me dificulta el acto. Pero lo suelto, suelto la frase, y cuando ya está fuera se diluye en la humedad del aire. Se ausentan las palabras de la habitación. Se van. Se alejan, tanto que ya no puedo recordar que hace unos instantes esas palabras han estado dentro de mí. Ni siquiera las recuerdo ya en sí mismas. Ni siquiera recuerdo qué acabo de decir. Ni siquiera recuerdo por qué mi mano tiene como rehén un mechón de pelo. De mi pelo, y sin pensarlo mucho, lo libero y vuelvo a abstraerme en este sol de tarde.

SOLA, SOLITA

Recuerdo que las horas pasaban, pero lentas. Como aletargadas. Aletargadas, o como si el mismo tiempo las hubiera hinchado, las hubiera rellenado de minutos. Hubiera embutido las horas hasta no poder más. Minutos y minutos y minutos dentro de cada hora. Minutos que antes no estaban ahí y que ahora el tiempo había apretujado hasta el fondo de cada hora, y ahora una hora duraba mucho más que una hora.

El tiempo se volvió pesado, pesadísimo, se cernía sobre mí. Se metía dentro de mí y debajo y encima y por todas partes. Y lo único que hacía yo era absorber ese estado comatoso que me mataba aún más rápido.

Estaba sola, solita. Las horas no pasaban si no pensaba en la chica, en lo que estaría haciendo o en lo que estaría sintiendo. Pensar en ella me hacía sentirme acompañada. Esos días pensé en la joven todo el tiempo. Pensé en ella hasta la intoxicación.

Se hacía de noche y de día. Las gotas golpeaban el suelo húmedo y resonaban en mi cabeza. Luego salía el sol y todo se secaba. El parquet se secaba. El gotelé se secaba. Mi piel se secaba. Se secaba, y parecía estirarse al extremo esos días. Esos días parecía volverme vieja más rápido. Sentía que el tiempo ya no me era útil. Ya no servía para nada más que para envejecerme.

Los dromedarios sedientos ya no me visitaban. Ya no tenían sed. Ya no me masturbaba como antes. Parecía que la forma del sexo acompañara la forma de mi cuerpo. Antes mojaba mis dedos animada y voluptuosamente. Pero ya nada. Ahora me arrugaba como una pasa y me cansaba deprisa. Los dromedarios se habían vuelto aparatosos y lánguidos.

Un día lloré. De pena, tal vez. Puede que de cansancio. O quizá por aburrimiento. El gato dice que me veía a veces lamer la maceta de terracota para sentir las imperfecciones del material, los agujeritos de oxígeno, pero eso no es verdad. Lo que sí es verdad es que hablar ya no hablaba. Ni recitaba haikus tampoco. La vida discurría en silencio. Me dormía muchas noches en una silla del saloncito. O no tantas, no sé. No lo recuerdo bien.

Uno de aquellos días entró por la ventana una bandada de remordimientos y ya nunca se fue. A veces me picoteaban la cabeza y acabé por infectarme de pesadumbre.

Conocí la tristeza infinita.

RENDIRSE A LA EVIDENCIA

Ya nada me parece más evidente que la vejez. No hay nada en mi cuerpo que no esté colgando ya. Y ya nada volverá a su sitio inicial, la piel seguirá colgando y colgando hasta que un día me tire al suelo y me descuelgue de mi propia gravedad por completo.

Nadie puede negar que me resulta facilísimo envejecer. Es mi cometido más liviano. El único que tengo, de hecho, y que hasta me incita a la vaguería. No tengo que hacer nada para conseguir ese propósito, simplemente esperar, o eso dice el gato.

Parece que el tiempo se ha encaprichado con mi cuerpo. Ha querido desgastármelo restregando las horas en mi piel. Permanezco largos ratos sentada en el sofá o sentada en la silla del saloncito o sentada en el suelo, permanezco sentada y aun así mi vejez es un constante e inmenso malestar.

Hay días en que despierto acosada por la idea de dejar de una vez por todas de crecer. Rendirme a la evidencia.

–Naces y enseguida es demasiado tarde para la vida.

MEJOR QUE NADIE

De pronto, la juventud es la cura para la soledad. El desconcierto acumulado durante días, quizá semanas, se interrumpió el mismo día que la chica volvió a entrar por la puerta. Y al verla, al ver su pelo corto, el pelo corto de un niño malcriado, el recuerdo de la última discusión que tuvimos amenazó con herirme.

La joven llegó, y como si tuviera poco tiempo se puso a limpiar de inmediato. Como si nada, como si no hubiera estado días y días sin venir a verme. Esa licencia muda, la falta de comunicación buscada, la indiferencia, todo eso podría haberme insultado. En cambio, decidí que no me molestaría. Pero sus desaires la afeaban desmesuradamente. Parecía que, a pesar de haber entrado ya en casa, aún tenía la puerta cerrada delante. Fue un reencuentro polvoriento. De esos en los que se nota que ha pasado el tiempo y te ves obligada a toser para llenar los espacios silenciosos.

Estaba tan distante. No solo por las palabras que se ahorraba. Estaba físicamente distante. Escurridiza, diría yo. Apenas nos habíamos rozado, solo nos cruzamos mientras yo me dirigía al cuarto de baño y ella entraba en la cocina. Luego nada. Nada más. Me envolvía con un silencio que estaba vivo. Lo notaba moverse en mi piel.

Decidí, después de un rato asistiendo a una huelga de miradas, iniciar la conversación. Le dije que hacía mucho que no venía. Le pregunté cómo estaba. La chica fingía estar concentrada en la limpieza. Me tropezaba con sus frases escuetas e intencionadamente sobrias. Aun así, fue revelador el momento en que, al preguntarle por qué no había venido durante tantísimo tiempo –recuerdo decir «tantísimo» y no «tanto»–, ella intentó corregirme. Solo me he saltado un día, dijo. Pero se le cayó la bayeta húmeda de las manos al decirlo. En el suelo, la bayeta. Ese desliz me hizo ilusión.

Luego ese timbre ácido y multicolor que provenía de su teléfono. Ese arcoíris sonoro que me había crispado tantas veces antes, cuando cortaba una dulce conversación o estiraba a la chica hacia la calle. Ahora volvía para privarnos de la intimidad. La chica casi se arrojó sobre la mesa en busca de la riñonera. Descubrió su teléfono y leyó en la pantalla. Una odiosa sonrisa estival abrillantó su cara. Y yo con eso ya sabía quién la había llamado.

Ella era perfecta, nítida, estaba colmada por la plenitud misma. Rebosante de esplendor. Pero no siempre. El hecho de amar a un niño la estropeaba. Su piel de canela perdía el sabor dulce y solo quedaba en ella lo amargo. Una alegría ruidosa la poseía cuando el teléfono se aproximaba a su oreja. Cuando hablaba con su novio cambiaba de personalidad. Ya no era la chica. Era otra. Otra chica. Otra más inmadura. Otra que buscaba agradar con su elocuencia y fingía soltura, otra que coqueteaba, que se mordía las uñas mientras ponía un tono de voz más agudo y sinuoso. No podía ser así. No podía ser así porque no era así en realidad. Y aún menos podía ser así delante de mí. Como si yo no notara el cambio. O como si no le importase que yo lo notara.

–No puedes hablar por teléfono aquí.

–Espera, que me está hablando Olvido. ¿Decías?

Y en tan solo un instante había vuelto a cambiar su tono de voz desenfadado por otro más condescendiente dedicado solo a mí. Una táctica infalible para hacerme sentir ajena a su mundo. Ajena a ella y sus sentimientos. Una sonrisa fingida, de cartón piedra, le tensaba la cara.

–Te aprieta la sonrisa.

–¿Que me aprieta?

–No puedes hablar por teléfono mientras trabajas.

La chica, de un atónito inaguantable, se quedó mirándome unos segundos y luego me pidió perdón, roja de vergüenza.

–Oye, te llamo luego, que tengo trabajo. Calla, anda. Yo también.

Al oírla llamar «trabajo» a lo que hacía en casa, me desanimé. Era consciente de lo ilógico de molestarme por algo que yo misma había empezado a nombrar como tal, pero que la chica creyera que yo era «trabajo», que yo fuera para ella «trabajo», me entristecía.

La joven volvió sin pensar a su «trabajo», y yo, sumida en la impotencia desde el sofá y sin apenas darme cuenta, hice ademán de llorar. Una gota que quería formarse y que deshice rápidamente con la mano.

Para fingir seguridad y retomar la charla con la chica, le pregunté qué tal con el novio. Me dijo, aparentando una estabilidad emocional digna de quien está en su «trabajo», que él le había regalado unas entradas para un concierto. Pensé que yo no había ido a ninguno aún y que ya no tenía edad para ir. Ni nadie con quien ir.

No conseguía deshacerme de la pesada desdicha que había acogido en mi regazo. Me veía desde fuera así, sentada, recogida entre los cojines, sola y fofa y con algo posado en mis muslos que no dejaba que me levantase. Solo me salió responder con un qué bien.

ESTÚPIDA GORDA FOFA

Serás estúpida. Olvido, ¡eres una tonta estúpida! ¿Me oyes? Estúpida gorda fofa. Que ya apenas aguantas despierta, ¡que te metes unas leches ridículas como una cría de tres años! Pues normal que luego la gente te hable de usted. Porque eres más vieja que la vejez. Cómo no te van a hablar de usted si ya pasas más tiempo hablando de tu vida que viviéndola. La vida da para mucho, para vivirla y para contarla. A ti en cambio solo te sale contarla, lo poco que recuerdas, porque estás acabada, vieja chocha. Chocha, estás chocha estás ida estás loca. Loca y deliras. Deliras, te tienen miedo porque siempre andas pensando cosas raras. Que si la peste del recibidor, que si las hormigas. Que no sabes nada con certeza, que no sabes si hay muerte o no la hay, si hay cuerpo o no lo hay, sí lo hay.

¡O no!

Loca, si hasta a veces te crees que hablas conmigo, loca, con un gato, loca, y me llamas maleducado, loca, diría incluso que te crees que eres un gato. Y luego vas y te pasas horas buscándome por la casa. Pspspspsps por el salón y te agachas para mirar debajo del sofá, pspspspsps y me buscas, la muy estúpida con lo que te cuesta agacharte, gorda fofa. Te piensas que eres muy lista y eres más simple que nadie, más simple que los hombres. Te piensas que eres muy lista y luego te olvidas de que estás completamente sola. ¿Por qué estás tan sola? ¿Quién se ha ido, vieja Olvido? Te olvidas de que estás sola y te olvidas de ducharte, guarra, que no te duchas, guarra y guarra. Te olvidas porque eres una simplona que ya no lee ni hace nada. ¡Eres tan ridícula que hasta tu nombre es un chiste sobre ti! Pspspspsps y luego te vas a dormir y no cierras la luz. La luz, la dejas encendida porque tienes miedo de la noche y el hedor, pero no te preocupes: ¡tú hueles peor!

Y no dejas de quejarte, siempre quejándote porque estás fofa. Porque te duele la espalda de dormirte en la silla o en la mesa o en el sofá o en la encimera o en el suelo o en el tocador o en la ducha o en el váter, pero casi nunca en la cama, en la cama casi nunca. Porque quieres ser como yo, quieres ser yo, quieres que te dé igual la vida, quieres ser atrevida y lamerlo todo, simple que eres una simple. Quieres unas uñas que puedan arañar, arrancar y atrapar. Que puedan cortar las mejillas y tú con tus uñitas limaditas. Limaditas tus uñitas que te limas con la lima y que no sirven ni para rascar. ¡Ni tus dientes sirven porque ya casi no te quedan! Adivina por qué: ¡porque eres vieja! ¡Vas pidiendo tierra, vieja!

Estúpida gorda fofa.

UN DESTINO PARA TODO EL MUNDO

Comió desde que llegó a casa hasta que se puso los guantes de látex. Incluso después siguió comiendo. Las migas de pan se pegaban a lo sintético, y se le habrían quedado enredadas en el pelo si no fuera porque había decidido cortárselo.

Intentaba lidiar con el bocata y los cachivaches en las manos. Se confundió un momento y estuvo a punto de llevarse la bayeta a la boca. La veía algo despistada. De ese distraído por estar inquieta y animada a la vez, como con ganas de que algo pasara. Le comenté lo inusual que me parecía verla comer. Le dije nunca te he visto comer aquí. También le pregunté si se había fijado en que estaba comiendo muy deprisa, a trompicones. Eso empeora la digestión. Me escuchaba con la condescendencia y el cariño azucarado que reservaba para la gente de mi edad. Luego me dijo con la boca llena y las manos llenas que ese día tenía que saltarse la hora de la comida porque se iba de fin de semana con el niño de los tatuajes. En coche, así que no quería comer durante el trayecto porque se mareaba, y tampoco justo antes porque se mareaba también. Debían pasar un par de horas antes del viaje.

Luego ya no hablamos más hasta la última media hora que le quedaba por trabajar. Usó pocas palabras conmigo ese día, estaban hechas de un líquido espeso y ella parecía haberse tragado un cuentagotas. Como si quisiera dosificarlas, las palabras. Pero el silencio restante la delataba: estaba incómoda. Quizá por eso comía a todas horas. O simplemente no podía hablar con la boca llena. Fuese lo que fuese, yo la miraba comer y sacudirse las migas de las manos y barrer las migas y limpiar con el dedo gordo de la mano derecha las manchas de salsa de los labios.

–Me sobra media hora. ¿Quieres que te ayude a ducharte y así pasas el finde limpia y a gusto?

En ese instante reparé en lo grasiento que sentía mi pelo y en mi cara oleosa e intenté recordar cuándo había sido la última vez que me había duchado. Solo me llegaban imágenes antiguas, de la infancia. Luego la cabeza tomó un camino distinto sin avisar y me llevó de nuevo a la propuesta de la joven.

Una ducha. A veces la chica intentaba confundirme con ese tipo de proposiciones. La juventud la había vuelto indecisa y eso a veces me afectaba personalmente. Un día se alejaba de mí y otro me acariciaba el brazo. Una hora no me hablaba y otra pedía verme desnuda. Me parecía descarada, a veces, y más sabiendo que se iba el fin de semana con su novio a no sé dónde. La chica esperaba una respuesta que no llegaba puntual, así que miró el reloj y me dijo bueno, tranqui, si no ya te ayudo el lunes cuando vuelva. Y eso me molestó.

–Pero ¿no has dicho que ahora?

–Si tú quieres sí, pero nos tenemos que dar un poco de prisa.

Vivía abrazada a una impaciencia continua, la chica. Comía rápido, limpiaba rápido, se iba rápido. Siempre con esa fuerza nerviosa en los brazos, con eso lo hacía todo. ¿Qué prisa tenía? A no ser que en realidad no tuviera tanta prisa. A lo mejor solamente quería irse cuanto antes de mi casa. Alejarse de mí. A lo mejor incluso me había robado todo el dinero del cajón del tocador y se quería fugar con su novio y no volver nunca más. Podía ser, claro que podía ser. Yo no sabía qué decirle, la cabeza me iba más rápido que la boca y no encontraba en mí más material que el enojo y la sospecha.

–Si yo quiero, si yo quiero. ¿Y qué quieres tú? ¿Escaparte con mi dinero quieres?

Sus mejillas abandonaron la neutralidad y enrojecieron. Esta vez no como dos hogueras sino más bien como las brasas. Quizá llevaba ya demasiado tiempo poniéndose roja y al final el color se había desgastado.

Me levanté del sofá como un resorte oxidado y me acerqué a una silla del saloncito aparentando sosiego. Moví la silla bruscamente, el parquet lo lamentó y me senté. Hice todo ese teatro instintivamente, como si quisiera ganar espacio en la habitación, creo que para que ella se sintiera acorralada. Aunque no lo estaba. El pasillo a sus espaldas. Podía irse si quería. Yo no la seguiría. Pero tenía muy claro que de ser así no le dejaría volver a pisar mi casa.

–Olvido, basta ya, ¿no? Estoy un poco cansada de este tema.

Tan duras y puntiagudas sus palabras que me arañaron. Mis manos temblaban. Las apoyé en el regazo y se abrazaron entre ellas y yo me quedé mirándolas.

Luego nuestras palabras se amontonaron, unas encima de otras, unas encima de otras, y ya no había quien las pusiera en orden, no solo por el desbarajuste que causaban sino más bien por su peso. Lo que quiero decir es que discutimos, como otras veces. Pero después de las voces y la palabrería ponzoñosa pasó algo que no había pasado antes: me pareció una desconocida. Fue como si nos hubiéramos desconocido poco a poco con el uso de la ira. A la gente la puedes conocer, pero también desconocer. Yo ayudé, claro. Lo cierto es que grité mucho. Las paredes aún tiemblan por mis gritos.

El gotelé, antes despampanante, ahora vive con disimulo. Parece haberse escondido un poco desde entonces.

Seguíamos muy enfadadas y se quiso ir. Yo no quería hacerlo pero me salió levantarme. Ella ya me había dado la espalda y estaba llegando al pasillo cuando me apresuré a alcanzarla. La agarré de la riñonera y el resto fue demasiado sencillo. No trato de excusarme.

La agarré de la riñonera, que colgaba sobre el pecho y formaba una diagonal desde un hombro hasta debajo del brazo. Mis manos alargadas por la velocidad. La agarré y tiré de ella hacia mi cuerpo, tiré de ella hacia mí y la chica tuvo que sopesar su propio peso, que se abalanzaba hacia atrás, con ayuda de una de sus piernas. Y tuvo que sopesar sus ideas, pero iban como locas, y al instante, un instante tan pequeño como un colibrí, un instante pequeñito pequeñito como un pequeño colibrí, volví a empujarla hacia delante. A empujarla hacia delante con toda la fuerza de mis brazos arrugados y mi abdomen arrugado y mi espalda arrugada. A la chica no le dio tiempo a hacer nada, solo a tener miedo, porque la pillé de espaldas y desprevenida. La pillé de espaldas y desprevenida y se enteró de que la agarraba en el momento de agarrarla, porque me había lanzado sobre ella gritando, con los pocos dientes que me quedaban apretados. Apretados como puños, y cuando volví a empujarla hacia delante, su cabeza hacia delante un poco ladeada, un poco ladeada su cabeza, sin ese pelo largo y mullido y espeso que ahora le hubiera cubierto la cabeza y la espalda como una breve capa, un pelo que podría haber usado como chal, un poco ladeada su cabeza, fue suficiente la fuerza como para golpearla contra la pared.

Olvido golpeó la cabeza de la chica contra la pared y apoyó su fuerza en ella, en la cabeza, déjame hablar a mí, apoyé mi fuerza en ella, en la cabeza, la apretó contra esa masa tímida de gotelé, la apreté contra la pared, las pequeñas gotas duras y frías de pintura clavándose en la sien de la chica, y después tuve que dejar de apretar porque a Olvido se le entumecían las manos. Dejó de apretar, dejé de apretar la maceta, la maceta de terracota densa y granulosa que cogí de la mesa y que pesaba tanto que después del golpe en su cabeza la tuve que soltar y se cayó al parquet y el golpe sonó pesado y firme y comprimido. Y la maceta, del golpe, perdió algunas esquirlas por el suelo. Soltó la maceta y se le cayó de sus brazos débiles. Se me cayó el vaso de cristal. Transparente y elegante y fino. Golpeé con el vaso de cristal la cabeza de la chica un par de veces o tres y el vaso se resquebrajó y luego lo dejé caer, pero no se rompió del todo. No se rompió porque los cojines no se rompen cuando caen al suelo. Y cuando el cojín feo del sofá, feo por haberse caído al suelo y feo por tener una mancha de café, cuando el cojín cayó al suelo, cuando a Olvido se le cayó el cojín feo del sofá con una mancha de café al suelo, este no emitió más sonido que el de un cojín contra el suelo. O el sonido de una maceta contra el suelo o el de un vaso de cristal. Y antes de eso sostuvo unos instantes el cojín en la mano hasta que se dio cuenta de que estaba adormeciendo sus dedos de apretarlo tanto. Dejó de apretar, dejé de apretar el cojín contra la cara de la chica cuando vi que la riñonera encima del pecho ya no se movía, dejó de apretar el cuello de la chica que había rodeado con las manos y dejó de apretar los dientes. Dejé de apretar los dientes en la piel y descansó la mano y descansaron los dientes apretados como puños y la chica se mantuvo un instante de pie con la cabeza apoyada en la pared por el golpe, se mantuvo la chica como si no hubiera pasado nada, y luego su cuerpo empezó a ceder, delante de Olvido empezó a ceder, el cuerpo de la chica delante de mí, la cabeza lamiendo la pared hacia abajo, dejando una baba roja y espumosa y espesa como un caracol herido.

Olvido intentó arrepentirse, pero no lo consiguió. ¿Quieres callarte? Intenté arrepentirme. La vieja vivía el momento como si ella no estuviera en él. Tan ajeno a ella, tan lejos de ella y de su camisón y de sus manos y ya todo estaba hecho. Ya todo estaba hecho y no sabía ni cómo había pasado. Le avergonzó, eso sí, que se le pasara por la cabeza la duda de quién iba a limpiar todo aquello ahora.

El cuerpo de la chica se fue arrastrando lentamente por la pared. Se doblaba apilándose y acabó todo él en el suelo, en el suelo al lado de la pared. Como si alguien hubiera dejado allí olvidada, con idea de tirarla luego, una bolsa de basura rebosante de residuos orgánicos, y por debajo del plástico perfumado se entrevieran esos hilillos malolientes de líquido sucio y marrón que siempre se acaban secando y pegando al parquet.

Era como si la chica se hubiera caído de bruces contra el suelo, cara pegada al suelo, brazos pegados al suelo, pero la parte del trasero algo levantada, apoyado el peso del cuerpo de la chica en las rodillas y la cara. Parecía que gozaba de mucha flexibilidad. ¿Hacía ejercicio la chica? Nunca habíamos hablado de eso, ahora me lo preguntaba. Me preguntaba muchas cosas, y me di cuenta entonces de que en realidad conocía poco a la chica. La vieja conocía poco a la chica y ya no la podría conocer. Mira que eres maleducado.

Tan pequeñita y tan delgada y tan empujable. ¿Qué haría la chica cuando caminara por la calle y soplara el viento? Yo fui el viento. Un viento fuerte y blando y seco y húmedo y frío y caliente. Tan poco esfuerzo para morir. Fácil como soplar. Como si lo hubiera deseado, la chica.

Esa joven aparentemente lejos de la muerte e incapaz de concebirla. Aún no la divisaba en el horizonte. Aún no se había acercado lo suficiente para siquiera verla emborronada a lo lejos. Pero yo la empujé o la mordí y entonces sí la vio, sí la vio. La asfixié o la golpeé con todas mis fuerzas, lo suficiente para acercarla a ese páramo negro, a ese paisaje en el que todo el mundo piensa aunque lo considere imposible o muy lejano. Todo el mundo lo ve en las postales: *La muerte, un destino para todo el mundo.* Pero no se imagina comprando los billetes de ida ni cargando con la maleta. No se lo imagina porque ese viaje se hace sin billetes y sin maletas. Por eso nadie se lo puede imaginar, porque ese viaje no se asemeja a ninguno hecho antes, por mucho que una persona haya viajado.

Cuando la chica cayó al suelo, me quedé quieta. Muy quieta. Empecé a notar un peso grave en los brazos y un calor en el cuello y la cara. Un calor de verano de ventana cerrada. Empecé a notar también otras cosas, como la frente fría o como el corazón apaleando por dentro mi pecho. Como las voces de la gente y los coches en la calle, pisos más abajo. Como mi respiración agitada, que al ser consciente de ella intenté calmar procurando respirar lento y suave y silente. Mi respiración quería acompañarme como si yo estuviera huyendo o mintiendo. Pero no se lo permití, a la respiración: la obligué a enmudecer a la fuerza, le ordené que fuera dulce y agradable, como era la chica a veces.

Como era la chica a veces. Otras, de esa violencia que ahora recordaba. Esa amenaza que aún se desprendía del cuerpo caliente. Un cuerpo sin vida que todavía conseguía mantenerme alerta. Un cuerpo que, incluso muerto, seguía siendo liso y firme y sano e irradiaba juventud y aroma a flores. Lo comparaba con el mío, frágil, deforme y mermado como un árbol seco.

Miraba a la chica y pensaba que, incluso muerta, su cuerpo joven parecía estar más vivo que el mío. Empecé a peinarme discretamente el pelo. Igual que hacía cuando la chica llegaba a casa y yo sentía que no estaba lo suficiente arreglada para recibirla en condiciones. Me lo acomodé con las manos disimulada y tímidamente.

Ahora la chica estaba muerta y yo me arreglaba el pelo con las palmas de las manos.

...En términos de tonelaje, existen animales mucho más grandes, pero las hormigas siempre han sido célebres por su extraordinaria capacidad para soportar grandes cargas. Su fuerza varía entre las distintas especies. Hay hormigas que pueden elevar diez veces su propio peso y otras que son capaces de sujetar hasta noventa veces su cuerpo. Pero la hormiga de la piel es la especie que más carga puede soportar, llegando a sujetar hasta ciento veinte veces su peso. ¡Guau!

El secreto de su fuerza reside en sus poderosas mandíbulas. Unas potentes piezas de gran tamaño son las protagonistas del levantamiento pesado cuando se trata de transportar semillas, trozos de hojas y hasta piedras de distintos tamaños. Además de disponer de unas mandíbulas fortísimas y de un cuerpo adaptado al transporte de peso, con seis patas entre las que distribuirlo, también se ayudan de su diminuto cuerpo y de un esqueleto ligero, hecho que facilita la tarea.

Y es que a medida que el tamaño de un cuerpo aumenta, aumenta también la cantidad de fuerza necesaria para usarlo. Podríamos decir entonces que, proporcionalmente, los animales más pequeños son más fuertes que los grandes, ya que en estos últimos mucha de su fuerza está destinada a soportar su propio peso.

Y ahora la pregunta que todo el mundo se ha hecho en algún momento del documental: ¿cuántas hormigas son necesarias para levantar a una persona?

Es evidente que la respuesta, como todas, depende de muchas variables que afectan al resultado. En este caso, el peso de la persona y la especie de hormiga. Por ello trataremos como aproximaciones los siguientes valores. Como ejemplo, usaremos a una persona de cuarenta y cinco kilos y a nuestra amada hormiga de la piel, especie que tiene un esqueleto duro y es una de las más difíciles de aplastar.

Podemos calcular entonces que, si una hormiga de la piel pesa cinco miligramos, podrá sujetar seiscientos miligramos con sus mandíbulas. Si la persona pesa cuarenta y cinco kilos –cuarenta y cinco millones de miligramos–, se necesitarán aproximadamente setenta y cinco mil hormigas para la tarea, si cada una actúa aplicando su máximo esfuerzo. ¡Eso son muchas hormigas!

De esta forma, podemos concluir que para cada kilo de peso de una persona se necesitarán mil seiscientas sesenta y siete hormigas. Podemos generar una simple fórmula para calcular cuántas hormigas de la piel son necesarias para cada persona en particular:

1.667 x peso en kilos = Número de hormigas necesarias

Y con esto nos despedimos hoy. Oh… Les esperamos en el siguiente capítulo de Animales Curiosos. *¡No se lo pierdan!*

MANTA Y COJÍN

La juventud de la chica se deshizo en mis manos. Me había sentado a su lado durante horas para hacerle compañía –la muerte, eso sí es soledad– y, pensando en lo ridículo que sería que el cuerpo se endureciera en esa postura en tensión, decidí acomodar el cadáver en posición fetal. Así era mejor, así parecía que la chica se había quedado dormida en el suelo. Esa posición le hacía justicia, al menos de alguna forma. La chica seguía pareciendo cándida y sosegada como siempre había sido. Ahora un poco más hinchada, quizá.

Me estiré a su lado con sumo cuidado, vigilando para no pisarla. Es estrecho, el pasillo. Pensé en lo apacible que estaba el piso ahora que habíamos dejado de discutir. La muerte de la chica había amansado las habitaciones, que ahora descansaban tranquilas. Si prestabas atención podías oírlas respirar. Había algo íntimo en esa muerte. Yo era la única que conocía a la chica así, en ese nuevo estado. Nadie más la había conocido de esa forma. Solamente la chica y yo. Por eso, cuando se me ocurrió que debía avisar al vecino del ático y contarle lo sucedido, me debatí entre socorrer a la chica –si es que había algo ya que socorrer– o dejarlo estar, mantener el secreto, nuestro secreto.

Opté por el silencio, tan sosegador.

Con el rostro de la joven cerca, me fijé en lo bonitos que tenía los ojos en realidad. No eran negros como yo pensaba, sino de color miel, de esos que viran a verde si se irritan o les toca la luz de frente. Podía ver mi propio rostro reflejado en ellos. Pensé que con lo redondos y grandes que los tenía no habría sido difícil descubrir el color exacto si hubiera prestado un poco más de atención.

Luego quise tocarla. Acerqué lentamente una mano a su cuerpo, desconfiada ante la posibilidad de que la chica fuera a moverse. Apoyé un dedo en su brazo joven y luego la palma de la mano. Debajo de la mano, la piel fría como un reproche. Me sorprendió la baja temperatura de la chica y me recosté, y entonces puse mi otra mano en su brazo. Dos manos arrugadas y un brazo frígido. Me imaginaba la piel como la mantequilla, tal vez si la friccionaba con mis manos recuperara un poco de calor y se volviera untosa.

Se me ocurrió ir a buscar la manta que cubría la cama en la habitación. Luego volví al pasillo y tapé a la chica hasta el pecho, colocando el brazo libre por encima de la prenda. Así dormiría más cómoda, por las noches refrescaba. Pensé en ir a buscar también el cojín, pero luego me pareció un tanto absurdo. Volví a estirarme a su lado aunque sin taparme con la manta. Seguí mirándola y acariciándola hasta que el sol dejó de entrar por la ventana. La falta de luz oscureció un pensamiento: aquel cadáver ahora me pertenecía.

Renegridas como si la humedad les hubiese podrido la piel, las extremidades de la muerta empezaban a ponerse rígidas. Lo comprobé alzando el brazo azul destapado, zarandeándolo ya con cierta dificultad. Pensé que si no lo hacía entonces, ya no podría hacerlo: aproveché para acercar el brazo de la chica a mi cuerpo caliente, posando la mano del cadáver encima de mis caderas viejas. Noté el frío de la palma violácea en mi propia piel. No era exactamente lo que buscaba. A pesar de que la chica parecía estar abrazándome con el brazo, había cierto desafecto en su postura que me dejó con una sensación incompleta. Intenté entonces mover el brazo inactivo de la chica por encima de mi piel, simulando una caricia de la joven sobre mí. Cerré los ojos para imaginármelo mejor.

–En mi familia, / el cariño se escapa / de nuestra casa.

El resultado fue una caricia ronca y apática. La mano de la chica deambulaba sin dueña y sin fuerza y sin ganas. Lo intenté varias veces y de formas distintas. Me pasé la mano de la joven por la mejilla, sujeté la mano con mi propia mano e intenté jugar con sus dedos, me acaricié a mí misma con esa mano aletargada. Olvido acarició con la mano de la chica uno de sus pechos caídos. Pero ¡te quieres callar! Tuve que desistir. Por parte de la chica ya solo recibía la nada. Abandoné el intento y volví a posar la mano de la joven en la manta.

Con el paso de las horas, la tranquilidad se convirtió en un desconcierto insoportable. ¿Qué haría ahora? Ahora que la chica no me traería más comida. Ahora que la joven ya no podía comunicarse conmigo. Recordé esos días de soledad extrema en los que la chica no quería venir a mi casa. Me negaba a volver a vivir así, sin verla moverse rápida por las habitaciones mientras tarareaba canciones que yo desconocía. Por debajo de la manta sonó el teléfono de la chica. Si no recordaba mal, era ya la cuarta vez que sonaba en lo que llevábamos de tarde. Pensé en abrir la riñonera y apagarlo, pero nunca había manejado uno, así que preferí no arriesgarme.

Al final llegó la oscuridad. Mis ojos se acostumbraron a ella, pero aun así era difícil diferenciar el rostro de la chica del resto de manchas nocturnas. Se me ocurrió quedarme a dormir a su lado, pero mi mente no tardó en inculcarme el miedo a que la chica pudiera despertar en cualquier momento de la noche.

La vieja no soportaba la idea de empezar a temer a la chica, así que se levantó del suelo y dejó el cuerpo abandonado en el parquet. Eso hice.

Sentía la boca esponjosa y un hilillo líquido me humedecía la comisura que había estado en contacto con el suelo. Tragué saliva, me dolía todo el cuerpo. Las extremidades se habían amoldado al parquet y ahora las sentía frías y tirantes. Como las de la chica, pensé.

UNA MOQUETA OSCURA

La luz me molestaba en el tejido de los párpados y me desperté, animada por un nuevo día. Pensé con ilusión en el té con la chica y en el libro para colorear. Pero cuando me acordé de todo, las imágenes se ensañaron conmigo, atrayentes y acaparadoras como ventosas en la piel, derrochando todo el espacio posible de mi mente. Necesitaba tiempo antes de levantarme y me escondí debajo del edredón. Tendría que ir a ver a la chica. Tendría que pensar qué hacer con ella. Tendría que contarle a la gente lo sucedido. ¿A quién?

Me levanté con unas agujetas inhóspitas frenándome las extremidades. Intenté no despertar los resortes de la cama y anduve de puntillas hacia el pasillo. La luz del sol pintaba la cocina, el piso se veía más bonito de lo que era en esa época del año. Me enfrenté al pasillo y miré al suelo. Un mareo febril me obligó a presionarme las sienes con las palmas de las manos. Se me formaron dentro del pecho unos sudores que se ensancharon hasta alcanzar el vello de la piel, humedeciéndolo como el pasto con rocío. Los nervios hacían temblar mis labios. Me destripé con un alarido.

No había nadie en el pasillo.

Solo una manta tirada en el parquet como una alfombra. Una alfombra que recogí medrosa, y debajo de la manta, otra manta. Pero otra manta negra y brillante, hecha de hormigas. Hormigas, unas setenta y cinco mil. Hormigas, unas encima de otras, moviéndose desenfrenadas bajo la prenda y sobre ella. Una hormiga negra como una pupila abandonó la manta y subió hasta mi mano. Me asusté y, asqueada, dejé caer la primera manta al suelo. Un escalofrío me agudizó la vista y vi un caminito finito finito como un riachuelo de hormigas a lo largo del pasillo. No sabía qué hacer, pero como soy tan curiosa como el gato, acabé por seguirlo. Fui cruzando el pasillo con el riachuelo de hormigas entre mis pies, cada uno a un lado de ese hilo negro, con cuidado de no pisarlo. Acabé por llegar al recibidor, donde nunca da la luz del día pero que sobrevive anaranjado gracias a la luz artificial.

Una moqueta oscura y burbujeante vestía ahora el suelo. Hormigas y hormigas y hormigas por todas partes tapaban dos metros cuadrados de parquet. Todas ellas, como una masa uniforme, entraban y salían por debajo del espejo del armario empotrado. Una mezcla de rabia y estupor me obligó a hablarles.

–Os habéis llevado a la chica al armario.

Abrir el armario empotrado no era una opción. Ahora la chica pertenece a las hormigas, pensé. Como si los insectos me hubiesen robado algo muy preciado, anegada de impotencia, empecé a negar con la cabeza, agitándola levemente. Algunas gotas cayeron de mis ojos y encerraron en cúpulas transparentes a algunas hormigas del suelo. No servía de nada pensar en lo sucedido: había perdido. Volví al saloncito y, como si el cambio se hubiera dado con total naturalidad, en vez de té preparé café, como hacía antes de conocer a la chica.

No había nada más que hacer que irse. Irse más allá de esa pena.

NUEVA VIDA

La vieja no se ha atrevido a mirar el cuerpo de cerca, la muy miedica, pero las hormigas han agujereado el hígado por cuatro lados diferentes y han adecuado el interior carcomiéndolo con esmero.

Las más listas usaron la vena hepática a modo de atajo y llegaron antes que las demás a la vesícula biliar. Las otras se enfadaron, lógicamente, y tacharon a las primeras de egoístas por acabarse toda la bilis entre ellas y no esperar para repartirla. Las que llegaron primero, ebrias del líquido ácido, no podían contener la risa tonta ante una escena que únicamente les parecía hilarante a ellas. No había tiempo para discutir, la reina apremiaba.

El órgano triangular y rojizo dejó de ser liso en cuestión de minutos. Tan blando que hasta era difícil no morder de más. En él se quedaron algunas, divididas de forma equitativa en cada lóbulo para pulir a conciencia el interior. Mientras, otras llegaban al agradable estómago para limpiar la comida que ya no iba a ser digerida.

Se expandieron febrilmente hasta el recto. Todas sabían qué hacer. Cada una de ellas, sin hablarlo previamente en comunidad, sabía a la perfección cuál era su papel y en qué momento debía ejecutarlo. Lustraron los pasillos refregando sus propios cuerpos en la carne. Abrieron senderos imprescindibles para el paso, puertas secretas por si acaso y salitas preparadas para pasar el rato. Construyeron anchos callejones de carne y también recovecos íntimos. Todo lo dejaron lo más límpido posible.

Algunas se marearon por las curvas del intestino delgado. Resbalaban por él y flotaban en meandros templados. Esas se volvían antipáticas con las demás, la cabeza les daba vueltas. Y las otras las dejaban a un lado, las entendían, siempre hay un momento en la vida en el que te mareas en un intestino delgado, a todas les ha pasado al menos una vez, empatizaban. Las dejaban a su aire hasta que se encontrasen mejor.

Vistas desde un ángulo cenital, todas ellas parecían buitres sobrevolando una estepa de tonos bermejos y violetas, carroñando el ambiente, volviéndolo frágil y hostil. Pero poco antes de llegar ellas, ese sitio ya era así.

Cuando estuvo todo listo la reina lo supo. Durante todo el tiempo que las demás habían estado trabajando, ella descansaba en la nariz vigilando sensorialmente a las demás. Permaneció allí, excitada e inflamada de placer, preparada para el trabajo más importante. En el momento idóneo bajó por la laringe. Cruzó las cavidades y llegó al estómago. Al verla pasar, las demás, que no podían estar más frenéticas, golpearon las paredes húmedas y castañetearon sus mandíbulas como dientes.

Una nueva vida las esperaba en esas cavidades escamoteadas.

LA MUERTE INÚTIL

La futura vejez de la chica, si hubiese tenido oportunidad de existir, se habría visto comprometida en uno u otro momento. Pensaría, la vejez: ¡no sé qué hacer con esta joven! Dudaría entre mantenerse inflexible en su objetivo o, por el contrario, convertir a la chica en una excepción. La vejez dudaría, pero luego, igual que hace con todo el mundo, llevaría a cabo su cometido. A lo mejor esta vez, la única, con un miedo: el de no cumplir su tarea demasiado bien.

Olvido lleva días sentada en una silla del saloncito. El cuerpo encogido por el dolor de espalda. Ya no come nada porque ya no queda comida. Solo se mueve para hacer café y así engañar al estómago. También para ir a mear. La mayoría de las veces tan solo recita haikus sentada. Pero ya no habla casi. Ya no le apetece hablar. Ya no le importa que yo hable. También intenta rememorar los pasos que dio la chica el último día y los repite para recordar el recorrido. Ya no le quedan dibujos vírgenes en su libro para colorear, así que últimamente pinta encima de los ya pintados. A veces sustituye los colores, un rojo encima de un verde que se acaba amarronando. A veces pinta con el mismo color que una vez decidió, un amarillo encima de un amarillo que acaba por amarillearse aún más. A veces se duerme encima del libro. Los lápices de colores que dan vueltas sobre sí mismos y caen al suelo, no los recoge.

–La muerte joven. / Ese envejecimiento / tan prematuro.

La vejez de la chica, si es que algún día se hubiera atrevido a llegar, habría sido de una probable imperfección. Puede que la joven envejeciera bruñida, acompañada de una piel plácida, sí, pero por supuesto eso desencadenaría miradas más jóvenes que la suya. Miradas violentamente jóvenes. Olvido lo ha pensado muchas veces. Ha pensado que la belleza de la chica legitima su muerte. Ha pensado que la vejez de la chica le habría acarreado problemas. Le hizo un favor a la chica, dice.

Maldita vieja. Dice que así puede que, a pesar del marchitamiento, esa belleza que la acompaña no se atreva a abandonarla nunca.

La suya era una juventud violenta. La juventud no es de esas violencias manidas. Es otra forma de violencia, invisible a los ojos. Pero es un tipo de violencia, al fin y al cabo. Olvido debía protegerse. Aunque no es que pensara en la muerte como una forma de defensa, no. La chica murió, pero no tenía que haber muerto. No tenía por qué. No tenía derecho, después de tanto tiempo juntas. Era egoísta por parte de la joven morir tan fácilmente, abandonar a Olvido de esa forma. Morir sin esfuerzo también es un acto de violencia.

En ningún momento tomó la decisión de matar, Olvido. Sucedió igual que sucede con la vejez. No se puede intervenir en lo que ya viene preparado. Y si una no opone objeción… La vieja casi acató una orden ya impuesta por la chica. No es que no se arrepienta de lo sucedido. Simplemente no podía haber hecho otra cosa.

–Un sueño se la llevó.

En definitiva, quizá la chica simplemente debía morir. Debía morir, también, para dejar de molestar a Olvido. Debía morir para que la vieja pudiera dejar de ver su juventud en las habitaciones de la casa, limpiando las estanterías, hablando por teléfono con su novio. Debía morir por eso, y aun así…

–La sigo viendo.

Me compadezco de esta Olvido. La juventud de la chica continúa actuando con el ruido del hedor. Fue una muerte inútil y ella lo sabe. La chica ya apenas desprendía violencia, la había sustituido por el mal olor. Pero Olvido seguía siendo vieja.

Olvido es consciente de que esto que ha pasado va a acarrearle mucha tristeza. Tanta tristeza que no sabrá qué hacer con ella. Aun así, no la acompaña una grave sintomatología de duelo. Simplemente algunas gotas desprovistas de ánimo salan a veces el café.

Ha decidido no morir de culpabilidad o de tristeza. De eso no. Nunca ha sido derrochadora de emociones, y aunque quisiera sentirlas, nunca las ha encontrado. No sabría cómo. La vida de Olvido siempre ha sido un apetito nunca saciado. Como la de un bicho hambriento que no sabe encontrar comida por sí solo y se ve obligado a ir mendigándosela a la gente. Así que acaba por aprovecharse de las emociones del resto, siempre y cuando no se den cuenta. Olvido ha tenido que contentarse con ser lo que es, una solitaria. Y como ha decidido no morir de culpabilidad o de tristeza, supongo que acabará muriendo de soledad.

Quién sabe si en realidad había encontrado a alguien. Ni ella lo sabe bien. Ni ella sabe bien si hay parte de su memoria que ha reconstruido con falsos recuerdos. Como cuando te vienen dadas solo las líneas perimetrales del dibujo y debes completarlo con colores. Ni ella sabe bien si ha elegido colores que concuerdan entre sí o si se ha salido de la raya.

–Estoy tan cansada que ya no tengo fuerzas para recordar bien las cosas.

No tiene fuerzas porque lo que tiene es hambre. No recuerda la última vez que comió y tampoco cuál fue su última comida. Desde que murió, la chica no ha ido a la compra ni una sola vez. Nunca la nevera tan vacía. Tampoco ha barrido el suelo ni ha quitado el polvo. Nunca el piso tan sucio. Y el hambre y la suciedad van carcomiendo el cuerpo de la vieja, sobre todo la cabeza, que cada vez está menos presente.

Ya no se acuerda de ningún nombre. Ni siquiera se acuerda del nombre de la chica. Puede que tampoco le haya importado nunca, piensa. Puede, piensa después, que le haya importado demasiado.

–Pido disculpas por hablar tan a menudo de ella.

MORIR EN SOLEDAD

Al contrario que los humanos, los gatos prefieren morir en soledad. Al no tener la capacidad de asumir la muerte, tampoco son capaces de predecirla. Para los gatos, la muerte no es más que una enfermedad que los amenaza. Si el dolor se agudiza, buscarán un refugio interior donde esconderse. Su instinto no les permite mostrarse débiles ante los peligros que los acechan, y eso es lo que ha llevado al gato a alejarse del recibidor, esconderse hecho un ovillo debajo de la mesa del saloncito, y allí, hambriento y solitario, en medio de las dos sillas, encima del parquet combado y con la visera roja y blanca puesta, cerrar los ojos y no abrirlos nunca más.

Probablemente no mucho más tarde las hormigas empezarán a crear otro hormiguero.

NOTA DE LA AUTORA

He escrito este libro porque temo la vejez. A pesar de que la senectud apenas ha estado involucrada en mi cuerpo, cada vez está más interesada en mí y no habrá forma de evitarla cuando llegue.

He escrito este libro porque la vejez está enamorada de mí. Y esta novela va sobre un amor no correspondido.

AGRADECIMIENTOS

Gracias a mi abuela Mercè que, sin saberlo, gestó esta historia durante aquel tiempo de mutua convivencia. También a Luna Miguel por acogerla y no escatimar en cariño a pesar de tanta insistencia. A Carme Riera por atenderla y a Berta Pagès por educarla. A todas las demás personas que le echaron un vistazo en una fase muy inicial y confusa y aun así la comprendieron. Pero sobre todo gracias a Luis Mario por convivir con ella hasta conocerla mejor que yo misma.